雪窗煨芋

陈爱兰 著

中国民族文化出版社

北 京

图书在版编目（CIP）数据

雪窗煨芋 / 陈爱兰著. — 北京：中国民族文化出
版社有限公司，2021.4
（海陵红粟文学丛书）
ISBN 978-7-5122-1464-4

Ⅰ.①雪…　Ⅱ.①陈…　Ⅲ.①散文集—中国—当代
Ⅳ.①I267

中国版本图书馆CIP数据核字（2021）第076459号

雪窗煨芋

作　　者：陈爱兰

责任编辑：司马国辉

出 版 者：中国民族文化出版社　地址：北京东城区和平里北街14号

　　　　　邮编：100013　联系电话：010-84250639　64211754（传真）

印　　装：三河市金元印装有限公司

开　　本：710mm×1000mm　1/16

印　　张：14.5

字　　数：210千

版　　次：2021年8月第1版第1次印刷

标准书号：ISBN 978-7-5122-1464-4

定　　价：49.80元

前　言

红粟作为海陵的人文符号，流传已逾千年。

海陵人文荟萃，"儒风之盛，凤冠淮南"，历史上一直是文化昌盛之地，有着深厚的传统文化底蕴，素有"汉唐古郡、淮海名区"之称。香粳炊熟泰州红，随着岁月的流逝，海陵地域和空间面貌发生了沧桑之变，却遮掩不住海陵文化的神韵飞扬，这为文学创作提供了丰富的精神滋养和灵感源泉。平原鹰飞过，街民走过，花丛也作姹紫嫣红开遍，从这里走出的小说家、散文家、诗人、评论家，无不用自己的笔讴歌家乡的美丽，书写人生的梦想，彰显海陵与时俱进、开拓向前的文化力量。海陵之仓，储积靡穷的不只是红粟，海陵人还以文学的方式，记录多姿多彩的形态与品性，标记一代又一代海陵人的辛勤探索与不断创新。因为执着，故而海陵历经沧桑而风采依然。

文学的生命力或许就在于这样繁衍不绝、生生不息地传承与开拓。2015年海陵区文联成立十周年之际，海陵区曾集萃本土十二位作家，推出一辑十二卷的海陵文学丛书。著名作家、江苏省作家协会原主席范小青为之作序，她指出这套书"不仅是一个'区'的文学，更是地级市泰州乃至江苏省文学的一个缩影。为此，我们有更多的期待"。如今五年已过，而这份期待还在，海陵文学也在这份期待中奔腾不息地流淌和前进，大潮犹涌，后浪已来，那份律动依旧，我们也能从中感受到文字的力量和写作的意义。"海陵红粟文学丛书"的推出就是对此的检验，一辑十册，分别是：

《碧清的河》　　　　　沙　黑

《青藜》　　　　　　　刘渝庆

《日涉居笔记》　　　　李晓东

《草木底色》　　　　　王太生

《雪窗煨芋》　　　　　陈爱兰

《本色·爱》	董小潭
《船歌》	于俊萍
《泰州先生》	徐同华
《纸面留鸿》	李敬白
《长住美与深情里》	姜伟婧

如同一粒又一粒的红粟，唯有汇集，才有流衍的可能。十本书中有朝花夕拾的拾趣，人间至味的煨炖，深秋韵味的老巷，青藜说菁的今古，寻本土丹青翰墨真味，或半雅半俗生活，或山高水长追思。生活总是爱的表达，愿在这桃红花黄的故乡，因为文字，截留住生命里的美与深情。

我们处在一个伟大的时代，既然"生逢其时"，必然"躬逢其盛"。文化特别是文学的繁荣，渊源于悠久的历史，植根于今天的实践。历史赋予我们这一代人的一项任务，就是要充分挖掘海陵文化的丰富宝藏，古为今用，推陈出新，更好地为社会经济发展服务。我们将常态化推出文学系列丛书，以继续流衍的姿态，不断丰富、延伸、充实海陵古城当下的文化内涵。

海陵红粟文学丛书编委会

2020 年 6 月于海陵

目　录

第一辑　乡愁乡味

故乡的垎岸 /002

卤汀河 /005

爱说古训的爸爸 /007

桃花里的妈妈 /009

点拨 /011

暖色调 /012

"躲 3"之行 /014

刹家辣子 /016

雪窗煨芋 /018

丝瓜 /021

冻小杂鱼 /023

大蒜烫卜页 /025

下饭菜 /027

且将蚕豆伴青梅 /029

本色鱼圆 /031

打蛋茶 /034

莲藕 /036

春卷，春天的诗行 /038

清芬流溢刨凉粉 /040

六角铮铮金刚脐 /042

消失的炒糖圆 /044

又见水酵饼 /046

桃花流水鳜鱼肥 /048

第二辑　履痕深深

烟雨竹海 /052

放鹤亭感怀 /054

山居日记 /057

游普陀山记 /059

邓尉山探梅 /061

走读苏州 /063

溱湖看会船 /066

走进童话世界 /068

玉龙雪山 /070

香格里拉 /072

丽江古街 /074

峨眉山灵猴 /076

相遇大足石刻 /078

乐山大佛 /080

溧阳行 /082

第三辑　闲聊泰州

张沪生稻河行 /086

凤城古桥 /089

我愿出走一生，归来仍是少年 /093

七星井 /096

白马庙的红色记忆 /099

吉祥光孝寺 /102

"网红"北山寺 /105

千年南山寺 /109

一座传奇的庙宇，一座不朽的丰碑 /112

东山再起的东山寺 /114

一曲歌罢，引出泰州第一任"市长"的悲喜人生 /117

扇动蝴蝶翅膀的教育家 /120

崇儒祠走笔 /124

一代宗师的奇崛人生 /128

"梅骨铮铮"爱国情 /132

第四辑　水韵海陵

我的后花园 /136

去纯垛，感受至纯至真的美 /139

"皮包水"中的尘世幸福 /141

我的家乡，你远道而来的风景 /144

三月三，唐甸人的幸福密码 /147

小巷 /149

牡丹花开 /151

漫步三水湾 /153

第五辑　城市点击

微光 /156

太极周老师 /159

美女胡晓絮 /161

新邻居 /163

朱爹二三事 /165

形象代言人 /167

他用稿费来行孝 /169

抠门的钱爹 /171

晒花晒草晒生活 /173

李爹的第二职业 /175

古稀"续焊"便民情 /177

爱做好事的丁爹 /179

不留名的戈奶奶 /181

胡队 /183

雨霁 /185

沈教 /187

理发师周星湛 /189

第六辑　朝花夕拾

野菊 /192

洗 /194

骑行的快乐 /196

难忘《青春曲》/198

重拾花草 /200

一声鸟鸣 /202

一抹鹅黄 /204

重见光明 /206

邮册伴我长大 /208

爆竹声声新年到 /210

绿荫 /212

母亲的惊奇 /214

挽救两只鸟儿 /216

端午情深 /218

第一辑　乡愁乡味

转角，一大片芦苇跳入眼帘，别样孤兀，细长的枯枝已抽新叶，唯芦花摇曳着旧日风情，蓝天白云下，尽显苍凉柔韧之美，似乎是垞岸执拗的一笔，把从前的时光、从前的风雨都浓缩在深邃的芦花里，成为垞岸人不能忘怀的记忆。

故乡的垎岸

里下河地区，有一种奇特的垛田，叫垎岸（方言读 gē wō），分布在故乡港口一带。

垛田通常一马平川，规整，是一幅平面图。垎岸，高低错落，大小不一，田不成方，地不成块，是千年前，先人滩涂造岸，挖土堆积的一块块水中陆地。块块不连，又处处可通，星罗棋布。最窄处，小船一横就可来往自如。雾起的时候，如琼楼玉宇。

垎岸，凝聚着先人的智慧和汗水。

清名士康发祥有竹枝词云：

港口南来垎岸高，形同八阵寓兵韬。

士诚创与开平创，万户千门劈画劳。

在康先生眼里，垎岸神奇玄妙，如同鱼腹浦之八阵图。

《民国泰县志稿》卷五《古迹》也载："八卦阵，在港口镇，沟港纷歧，垎岸罗列，其中四通八达，入其中者，几不得出。"

南宋建炎四年（1130）九月，岳家军与金军在垎岸狭路相逢。岳家军联合百姓，改民船为战船，埋伏在沟槽港汊。待金兵在垎岸中晕头转向、不知所措之时，一声擂鼓，如快闪，飞出轻舟无数，长篙钩镰，戳得金兵鬼哭狼嚎，一败涂地。在抗倭、抗日的战场，垎岸同样"身手不凡"，给来犯者以迎头痛击，留下传奇的一幕。

里下河地区地势低洼，水网密布，不怕干旱，就怕暴雨成灾，田毁庄稼淹，颗粒无收。垎岸，最高处一丈有余，岸顶永远高于大水水位，确保了旱涝保收。这种既可御敌又解决了生计的垎岸，曾是港口人幸福的秘籍。

垎岸物产丰饶，民间有谚："春天垛垛菜花黄，夏天处处瓜果香，秋天岸岸红高粱，冬天丘丘蔬菜旺。"一年四季，垎岸风光不断，曲折回旋里，尽是垎岸人勤劳的身影。

三月，惠风和畅，春水漾漾。垎岸，油菜花开，蜂鸣蝶舞，声势浩大，正所谓河有万湾多碧水，田无一垛不黄花，天光云影与黄花岸影共徘徊。倘若，梵高邂逅这铺天盖地的金黄，震撼之余，定会大胆使用跳脱的黄，创作一幅《油菜花》，表达生命的律动，堪比那有名的《向日葵》。

或许是人到中年，多了一份恬淡，我更亲近夏日的垎岸。无边的绿野里，瓜棚豆架下，藤藤蔓蔓中，玲珑的豌豆，粗粝的蚕豆，娇小的香瓜，滚圆的西瓜，悬垂的丝瓜，细长的豇豆……悠悠摇晃着深深浅浅的绿，沁人心脾。这些灵动的个体，如一幅幅水墨小品，隐逸着一份轻盈和厚重。

印象深刻的场景，是夏日的傍晚，红日西垂，垎岸斜坡上，长势喜人的芋头，片片碧绿，密密匝匝，如裙裾铺展，远接蓝天。农人们手握一丈多长的竹柄水瓢，站在坡底，舀起一瓢水，双手奋力一扬，瓢里的水立刻划出一道银色的弧线，流光溢彩，呼啦啦落到肥硕的芋叶上，瑟瑟有声。放眼望去，方圆几里，银色的道道弧线，此起彼伏，纵横交错，如彩虹当练，成为夏天最靓丽的风景。

秋高气爽，秋风阵阵，催熟了垎岸高粱的笑脸，那一株株火红的高粱，葳蕤在天地间，威武高远。这样的威武高远，酿造的高粱酒，自然孕育了垎岸人的坚韧与豪迈。

雪后的垎岸银装素裹，分外安静，但很快被垎岸人的忙碌打破。腊月黄土贵三分，雪地里的大蒜、香葱、黄芽菜、青菜……要赶在年前挑出，卖个好价钱，过个开心年。

独特的垎岸，水泽丰厚，土壤肥沃疏松，出产的蔬果总是水灵灵、湿漉漉，味道鲜美。港口韭菜、芋头、生姜、香瓜远近闻名。其中，港口韭菜最为著名，形似菖蒲，香气浓郁，是包饺子、做春卷的首选。头道韭炒螺蛳头，韭菜的香和螺蛳的鲜，共同缔结了舌尖上美妙的享受。红芽蜜姜搭大蒜烫卜页，是垴岸人家过年早上"皮包水"的绝配。龙头芋做成的鸭羹汤，滑软绵长，香糯可口。小香瓜，吃在嘴里，甜如蜜糖，缱绻温馨。这些家乡美味，一直是港口游子不绝的乡愁。

岁月流逝，一场"垴改"放岸，不少高岸被夷为平地，沟渠被填平，垴岸失去了往日风情，有了沧桑的叹息！就像买椟还珠，成为港口人的一个梗。

暮春的一天，难得的机缘，泛舟垴岸深处。

宁静的水面，时而阔达，时而逼仄，时而狭长，盈盈瘦瘦，从容地环抱着残存的垴岸。垴岸上满目青翠的菜籽秆，这里一裁，那里一绾，如一条条青罗带，把天水相连。远处，一只偌大的白鹭，静静地立在浮萍之上，大有伊人在水一方的温婉矜持，我们的惊呼丝毫未能引起它的惊慌。临水裸露的树根，虬枝盘桓，不知过了多少年，微风吹过，水动波摇，倒影婆娑。

小舟在河荡间穿行，挨挨挤挤的水草，被船头挤倒又爬起，记不清绕了几个弯。一行人海阔天空，互相打趣，时不时顺手划起丝丝春水，洒向对方，孩童般开心。有人哼起了春柳春花满画楼的曲子，轻柔的音律，在春水间旖旎，妙不可言。

一条大鱼！

船家眼尖，顺着他指引的方向，一根鱼竿眼看要绷断。船家急忙开过去帮忙。钓鱼人扔来抄网，站船头的立马接过，笨拙地从水里兜住了鱼，足有十来斤的大花鱼。这意外，给了每个人惊喜。宁静的水面，青罗带，鹭鸶鸟，裸露的树根，戏谑，抓鱼，浩瀚的春景记录了我们在垴岸的曼妙时光。

这，就是千载而下的垴岸？让敌人有进无回的垴岸？我有些恍惚。

转角，一大片芦苇跳入眼帘，别样孤兀，细长的枯枝已抽新叶，唯芦花摇曳着旧日风情，蓝天白云下，尽显苍凉柔韧之美，似乎是垴岸执拗的一笔，把从前的时光、从前的风雨都浓缩在深邃的芦花里，成为垴岸人不能忘怀的记忆。

或许有一天，垴岸会成为故乡港口重新繁盛的窗口。

2019 年 5 月

卤汀河

清亮亮的河水哗哗流淌着，从新通扬运河一路向北奔到港口时，水面异常开阔，碧波荡漾，这就是卤汀河了，从容，温婉，像一位善良宽厚的女子。

我十来岁的时候，常喜欢站在离家不远的码头，遥望卤汀河。河面上船流如织，南来北往，笛声隆隆。一年四季，我钟情于夏季，莫不和卤汀河有关。

那会儿，因为小，母亲不允许下河。

夏日的午后，眼巴巴看着哥哥姐姐们扑通通跳到水里，畅游到对岸龙溪港更凉快的地方去了。我坐在码头边，心里那个急啊，只好用手不停地拍打水面，弄湿了衣衫，才能平复一点儿心头的那把火。熬到母亲一上班，我拎着水桶，直接冲进卤汀河里。温柔的河水，迅速簇拥了我，小脸顿时灿烂开来。

扶着水桶，蹲下来，水立刻浮起了我，顺势蹬起两条腿，水花溅起老高，人瞬间向前涌去，开游啦！欢欣鼓舞！只是不敢游远，三四米后正好有个湾口，于是来来回回，像一条不倦的鱼儿。

几个年龄相仿的小伙伴开始比赛。有点熟悉水性了，我先把水桶扔到前面，纵身一跃，一下子蹿出去很远。接下来虽是狗刨式，颇费力地划动，最后还是稳稳地获胜，轻易刮到小伙伴们的鼻子。

有时候，一群小鱼儿在你身边游来游去，啄你的手臂、脚踝，痒痒的，逗你玩时，你用水桶猛地一舀，慌乱的鱼儿来不及逃开，便成了你的掌中物。

看鱼儿在桶里左冲右突、昏头昏脑、急不可耐时，我们兜底一倒，鱼儿四处逃窜，我们哈哈大笑。但等鱼儿啄你时，再和鱼儿玩一场！这种人与鱼和睦相处、互相嬉戏的乐趣，就这样保存在我童话般的心中了。

我不敢在水里久留，趁烈日还在枝头，恋恋不舍地上了岸，坐在骄阳下晒干潮湿的衣服，以期能骗过母亲的眼睛。虽日头还辣，心已安然。

一个夏天下来，我乐此不疲，晒成了黑丫头，也学会了游泳。母亲睁一只眼，闭一只眼，依旧叮嘱我不许下河。

从龙溪港游回来的哥哥姐姐们，并不闲着，又准备去拉螺蛳，母亲不反对我跟着他们。拉螺蛳好玩，又能改善伙食，在那个清贫年代，是孩子们热衷的另一件乐事。

夕阳铺满水面，卤汀河渐渐宁静，我跟在哥哥姐姐们后面，跳上农人的船，驶向离码头不远的地方。

每次等哥哥姐姐们不想玩了，我才有机会举着铁篮子，蓄势，向上向前甩出，眼瞅着绑着细绳的铁篮子在空中抛出一道漂亮的弧线，像渔人撒网一般，我的心瞬间变得欢畅。

随着铁篮子匆匆跌入水中，期盼又急遽起来。盯着水面，静静地等一会儿，然后拉着绳子贴着水面慢慢往回收。一篮子泥水，洗洗淘淘，总有乌亮的螺蛳，间或几个河蚌，令我振奋。

晚上，一家人围桌而坐，母亲炒的一大碗螺蛳，鲜香微辣，刺激着寡淡的味蕾，眨眼间螺蛳壳堆成小山。螺蛳汤泡饭别有滋味，浓郁的汤汁浇在米饭上，一搅拌，每一粒米都泛着一丝鲜亮，入口浓香。卤汀河无私的馈赠让饭量陡增，有了满腹的精彩。

有一天，我离开小镇，浪花打着节拍，送我去了县城。县城的车水马龙，街市的繁华，似乎隔开了我和卤汀河的亲密。

在一个西北风怒吼的日子，我回到家，母亲砸开结冰的河面，一条条清洗买回的鱼儿，准备烧冻小鱼给我带走。

冰冷的河水，冻麻了母亲的双手，那一刻我才明白，我从未离开过卤汀河，即便天寒地冻，我一样真切地感受到了温暖。

卤汀河奔腾依旧，无怨无悔，直至今日依然滋养着我的生命……

2015 年 7 月

爱说古训的爸爸

爸爸年轻时，人称二先生，排行老二是其一，肚子里有点墨水是其二。我的印象里，他的墨水泼洒得最多的地方，是随口溜出来的古训。

从前，爸爸在附近的村里做过半年的会计，与一位彭姓叔叔交好。那时，农村还没分田到户，生产队常按人口、劳力分蔬菜瓜果。

夏日的傍晚，满载着瓜果的船儿刚停靠在码头，挎着篮子的一群孩子就纷纷跳上船，我站在岸边不远的高坡上看。

甜甜脆脆的香瓜，有时会掰开分，黄黄的瓤子露出来，很是诱人。孩子们拎着自家的份额，一个个开心地走了，我一直看到最后一只尘埃落定才回转。

慢慢吞吞走到家，妈妈招呼吃瓜，我十分惊奇，原来彭叔从他们家分得不多的里面，送了一点儿过来，我喜笑颜开，不等坐下便似风卷残云。

彭叔罱河泥，偶有所得，罱上鱼来，也不忘送一两条过来。年三十晚上，乡村有"拓元宝"的习俗，预祝来年平安吉祥、财源广进。拓元宝的工具乡人有，不管西北风如何吼叫，彭叔笃定把元宝墩子拓到我家门口才会回去。

我私下问爸爸："彭叔怎么这么好？"

爸爸说："人敬我一尺，我敬他一丈。人家送2块钱的东西，我会还给他4块，不能占人家的。你善待人家，人家会真心对你。"与人相处，爸爸始终遵循这一古训，与彭叔的交情几十年未曾变过。

爸爸比较"迂"，在跑销售时，别人出差，带着老婆孩子顺便玩一圈，吃住全报销，爸爸一次没有过，至今说起来，妈妈还会埋怨一两句。爸爸一个笑脸，一句"丁是丁，卯是卯，顺算盘打不过来打倒算盘，就当我没做这个销售员"，轻易把妈妈说了回去。

跑销售是件辛苦的差事，可爸爸跑得比别人还要辛苦。出差从不舍得多花集体的钱，常常乘晚上的火车，省一天的旅馆费。第二天一早到了目的地，不先找旅馆，而是背着行李，按图索骥，一家一家跑业务。碰了钉子，行李甩上肩继续下一家，跑得脚上起了泡，肩上压得疼，天黑才就近找旅馆。有时旅馆床位满了，也不再找别处，将就在走廊上睡一宿。

凭着这股吃苦精神，爸爸得到比别人多的订单。厂里的产品源源不断发往南方各大城市，爸爸成为销售冠军，年年被评为先进，去县城参加表彰会。他借此跟我说："功夫不负有心人，一分耕耘一分收获，学习也一样啊！"

有一年快到年底，厂里发不出工资，爸爸立下军令状，不把发工资的钱跑回来绝不回家！末了加了句："说话算数，滴水成珠。"

好一句"滴水成珠"！

那一年中秋节，爸爸在火车上度过。

当哐当哐当的车轮声在寂静的夜色里越来越远，一轮明月冉冉升起。望着皓月当空，喝了一点儿小酒的爸爸忽而"诗兴大发"，掏出随身携带的笔记本，写下四句话："中秋明月天上挂，夜半无眠独对它。二两五酒不为过，兑现诺言好回家。"

那次出差时间最长，前后奔波两个多月，行程跨越六个省，如期完成任务，解决了厂里的燃眉之急。后向厂领导作书面汇报时，爸爸特意加上即兴写下的打油诗，一时传为美谈。

月亮圆了又缺，缺了又圆，爸爸鬓间逐添白发，一生勤恳，光荣退休，给自己画上圆满的句号。

淡淡常相识。芯大的蜡烛不经点。让人三分不蚀本。

没钱打肉吃，睡觉养精神。不做亏心事，不怕鬼敲门。

生不带来，死不带去……言为心声，这些耳熟能详的古训，造就了爸爸的善良、正直与豁达。

这样的爸爸活得坦坦荡荡、问心无愧。难怪，如今八十有二的爸爸，气色红润，精神矍铄，相比于同龄人看上去起码小十岁，真的是"心底无私天地宽，知足常乐六时健"。

2017 年 9 月

桃花里的妈妈

听妈妈说，她第一次照相是在苏州的观前街，解放后的第三年。花样年华的妈妈和她的小姐妹合拍了一张戏剧照，一个扮公子，一个饰小姐，在游园相会，两个姑娘留下了青春靓丽的倩影。这张照片，照相馆放大，加了色彩，更加夺目，在橱窗里摆放了很长时间。

土改分田时，妈妈随外婆回到苏北老家，后来嫁给爸爸，1958年进了港口农具厂。那时的妈妈一头乌黑的齐耳短发，长长的睫毛扑闪着智慧。没有读过书的她，硬是在这男人从事的重体力岗位上做出了成绩，当上了翻砂车间主任。

在翻砂车间工作很辛苦，对妈妈而言，日子还有一种艰辛。爸爸常年在外地工作，我们四个孩子都是妈妈一手带大的。夜深人静的时候，也许妈妈曾叹息过。日子虽苦，并没有泯灭妈妈对照相的兴趣，对生活的热爱。每年，妈妈总带着我们到泰州红光照相馆或东方红照相馆拍一次照，这样的习惯一直持续到1984年。那年，哥哥买了一台照相机，妈妈拍照的次数多了，我们几个孩子也跟着喜欢上了拍照，在一片笑声中，留下了种种的记忆和美好。至今在港口老家堂屋里，依然挂着全家人的各种照片。

阳春三月，桃园桃花开得最盛时，妈妈约我到桃园给她拍照。

沿着桃园的花径，我不时摁下快门。镜头前，妈妈笑容可掬。遇到白色的桃花，老人家特意换上大红的外套，清雅中泛着明丽。粉嘟嘟的桃花，她用咸菜绿的开衫相衬。着蓝色春装时，身旁点缀几许嫣红，绿柳轻摇，身后清波微漾，雄伟的望海楼给整个画面注入了一种气势，照片里的妈妈老了，但精神依旧。

嫂子看到妈妈的照片，大加赞赏，风趣俏皮地说："妈妈还有桃花般少女的情怀呢！"逗得一大家子开怀畅笑。

桃花灼灼，越过秋冬，总在春天里绽放，妈妈的心里似乎就长着这样的一棵。

2014 年 3 月

点拨

　　记得是在小学，老师布置一篇作文《夏夜》，我如实地写着夏夜的景况。父亲走过来，看了看我的内容，轻轻跟我说："夏夜内容多，但平铺直叙就呆板，比如写青蛙，你可以说青蛙扑通一声跳进水里，激起层层水波，惊得岸边的蝈蝈顿时停住了吟唱。这样动静结合是不是生动一些？"我忽闪忽闪着眼睛，笑了。爸爸的点拨，或许是我对文字最初产生喜爱的原因。从那以后，我的作文写得越来越好，也有范文在班上传阅。现在，工作之余，写点文字，偶有登在报纸上的，老人家戴着老花镜，带着自豪的微笑，一字不落地读完。

　　父亲在与我们相处中，少有说道，在人生焦点上又以不经意的点拨来校正我们。

　　20 世纪 80 年代，农村的孩子很羡慕镇上的孩子，即便考不上大学也会有一份稳定的工作，所以当我高考落榜，被分到乡信用社，而我却不肯去时，引来很多人的不解。我跟父亲说："在银行上班，天天要数钱，这工作也太无趣了，况且我的数学不好，哪一天数错了倒会有麻烦，我不去！"对未来充满幻想的我，一心想着走出小镇，走到更大更远的地方，见识更多的世面。

　　母亲有些唠叨，父亲没有劝我一句，尊重了我的选择。他内心有过怎样的矛盾、斗争，我不知道，我因此在家待业近两年，后来有机会去县城上班，父亲亲自送我到单位报到。父亲的民主，让我感受到生活的自由、岁月的美好。父亲给了我人生的底色。

　　"快乐就行！"父亲道别时说了一句话，然后挥挥手，转身走了。宽厚的背影，慢慢变得模糊，却定格成一幅清晰的画面，这么多年来一直珍藏在心。如今，我把它诉诸笔端时，泪水涌动。

　　父爱不必轰轰烈烈，可以润物无声。

2014 年 6 月

暖色调

平日里穿衣，黑灰居多，色彩的概念不是很强，但心里的暖色从来没有缺失过。

端午节请父母来吃饭，刚在沙发就座的母亲起身对我说："你这吊兰，要拿到阳台上去晒太阳，叶子都软了，没精神了！"不容置疑，母亲捧起花盆就放到阳台。原来摆放在电视机旁的吊兰，她一下就发现了问题。早几天，我也纳闷，好好的叶子怎么耷拉下来，而且颜色变浅，失去原先的盎然。

听了母亲的话，我茅塞顿开，再喜阴的植物也需要阳光的照射。这盆朋友送的吊兰，在家数月，只顾浇水，从没给它晒过太阳，眼见它一天不如一天。母亲简单的一句话，像灵丹妙药，没几天，蔫了的叶子一个个地翘首起来。

生活中也常有解不开的疙瘩，想得头疼，无法排解时，我总会跑过去找母亲。母亲像医者，在轻声慢语中，开给我一剂平心静气的良药，宽容与释怀，疙瘩自会消弭。

去年高考时，母亲在头天中午给我女儿送来鼓励费和糕（高中之意），并拉她在沙发坐下，一脸温和地说："外婆今天，就给你说三点。"

"第一，不要紧张。"

"第二，不要有压力。"

"第三，考试时先把卷子看一遍，挑简单的先做。我虽然没文化，但也知道考试是考你的能力，就像从泰州到老家港口，不让你直走，而是弯弯曲曲。"

这样简短贴切的话从 76 岁的母亲嘴里说出来，我很佩服，姑娘也点头赞同。母亲好像一位师者，给了孩子决战前的最后指导。

这最后的指导又像及时雨，在第二天的语文考试中发挥了不小的作用。

江苏去年高考作文题《忧与爱》，我女儿得心应手，写外婆从小对她的爱以及对在外舅舅的忧，结尾拓展点题。记得在学校门口接到她时，她滔滔不绝，自我感觉良好。分数下来，果然作文得分不低。

年前有一天，我顺道看望父母。母亲平时腰不好，她从电视购物上看到巴马汤的功效，买来试用，也要送我，连放药用的小黄袋子都准备了一只，我推辞不掉拎回了家。谁知第二天中午，接到父亲电话叫我去公交站台等母亲，原来她又缝了一只小黄袋送来。

"这是棉绳的，结实！"母亲一边说一边把小黄袋子递过来，笑眯眯的。

午后的秋阳照在小黄袋上，富贵的黄色越发鲜亮耀眼。母亲的笑脸也因秋阳多了几分欣慰，只是佝偻的腰，让母亲变得更加低矮。我忙把批评的话压了下去，轻声说："下次不要一个人出门，来个电话我过去就行。"

"这点小事，还麻烦你？我行的！"母亲笑得很自信。我搀着她过马路，到对面乘车返回，手里拽着小黄袋，目送车离去，眼角湿润起来。

年复一年，母亲的暖色调不变，我沐浴在温暖的关怀中，难以回报。

2014 年 10 月

"躲3"之行

农历七月二十一，是母亲83岁生日，按照习俗要"躲3"，当天不能在家过宿，由姑娘带着，走一座桥，就像过一道坎。

生日前一个月，我们姐妹仨商量，家乡桥多，到哪家都会经过一座，太平淡，不如一起带母亲去旅行，走一座跨江大桥，既热闹又有纪念意义。

母亲一听，欣然应允，说起年轻时任翻砂车间主任，多次作为骨干去无锡、扬州学习翻砂技术，但都没好好玩过，就趁这次机会，弥补一下。

我们计划先去无锡，从扬州返回。我负责网上订房，大姐吩咐在外地工作的儿子把汽车开回来待用，二姐夫担任司机。

生日前一天下午，汽车载着我们一行7人奔驰在高速上，一路欢笑。车到江阴大桥，二姐夫特意开慢了一点儿，大姐打趣道："走了桥，消了灾，平平安安就会来。"母亲开心地笑了。

第二天一早，我们从鼋头渚乘船游玩太湖仙岛。浪花犁出了一条水道，招引得一群水鸟上下翻飞。远处的山峦或隐或现，山长水阔，美不胜收。母亲赞不绝口，摆个姿势，我马上会意，咔嚓咔嚓，拍下母亲悠闲的身影。

猴岛、会仙桥、月老祠，我们"一路杏花村"，平时腰腿不好、走路不便的母亲，脚下生风似的，总走在前面。天街需拾级而上，我们建议不上去，母亲立即说没事没事，一步跨上台阶，不要我们搀扶。大几十级台阶，母亲轻松而过，让我们不敢相信。

母亲信佛，把礼佛当作一件重要的事情。时值盛夏，太阳高悬，热浪滚滚，在灵山大佛，母亲秉烛、燃香、叩拜，认认真真，一丝不苟。我们担心她中暑，叫她意思一下，她全然不理会。

哥哥在国外公干，在家人群里发信息，敦促不能让母亲太累。我呵呵，出游仿佛让母亲换了一个人，精神焕发。

晚上，在我们的生日歌中，戴上生日皇冠帽的母亲，像一个听话的孩子，被我们要求双手合十，闭眼，许愿，吹蜡烛。大姐夫最来事，一句"福如东海，寿比南山，上不封顶"，逗得母亲哈哈大笑。一碗添寿面，母亲呼呼下了肚。

原以为两天的奔波，母亲会累，然而在瘦西湖，母亲依然精神很足。五亭桥上，朱红的廊柱边，母亲特意换上平时不常穿的蓝色套裙，对着柳烟、清流，或站或倚或坐，不厌其烦，范儿十足，我像跟拍的摄影师，不停地按着快门，感慨万分，一个爱美的母亲又复原了！

回来后，我随即冲洗照片送给母亲，母亲哎呀了一声，喜出望外。两位老人坐在沙发上，看一张，回忆一张，品评一张，神情就像得意的孩子。我暗暗叮嘱自己，有空常回家坐坐。

2019 年 8 月

刹家辣子

周末，午饭快结束时，婆婆问："今呃格有空啊？"

我跟老公眨眨眼睛，老公视而不见，说："有空有空！"

婆婆当即颜开："好机会！刹家辣子哦！"

刹家辣子（方言，音 sān gā là zāi）即家里人一起打麻将。

公公端着小酒杯，吱的一声，结束了小酒，来一句："你们先去圆场子，我来洗碗。"

于是，婆婆落座东首，和弟媳妇对家，我和老公南北。

婆婆手拿骰子，在手里搓搓，神情期盼，掷出了四个点，俗语有四到底之说，婆婆"喂"（音 wǎi，不满的意思）了一声。

"再掷一次，再掷一次！"弟媳妇催促。

婆婆一声"好的"，掷出了六个点。

"不丑！不丑！六六顺呃！"老公搭腔，婆婆很高兴。

第一圈正式开始。麻将有时真犟得很，两圈下来，婆婆竟没和一牌，我们都替她着急。

婆婆自嘲："找门口找不住了！钱墩子没得呃了。"

"下一把，下一把和！"我们鼓劲。

说来也怪，事情有峰回路转，麻将也会柳暗花明。婆婆从小钱包里抽出一张二十元："不欠！找钱！打牌来的就是输赢，不要客气，炮灰还发发焐呢！"嗓门还不小！于是，一张纸币找回了一叠硬币。

这一叠硬币，果然是一种锐气，势不可当，婆婆接连和了几把，且是自摸，还有清一色自摸，钱墩子又回来了。

"取到鱼，王板都会说话。取不到鱼，老婆儿啊都要挨骂。"婆婆喜上眉梢，一边说一边把回本的二十元又塞进小钱包里。

就在这方块流转间，我们"亲兄弟明算账"。公公洗完碗，进来看"斜头"，弟媳妇顺势起身，借故给在外地工作的老公打电话"诉苦"："不成牌要打瞌睡，你不家来，我都输了！"

"五一家来啊！家来打麻将！"婆婆忙着洗牌插话。

"好的！到时把你小包里的钱全赢家来！"话筒那边笑答。

"多呢！多呢！只要你赢得去！"婆婆笑开了。

公公坐下来，新一轮剁家辣子开始。只听得陈先生割去耳朵——东风，韩湘子吹箫——二条，大嘴姑娘马不掉（嫁不出去）——八万，锅里不透汤罐里透——没得用，这些麻将俚语不时从公公婆婆嘴里冒出来，气氛是紧张又活泼。

婆婆忽而看着我们，有点满足地说："同电视里一样！电视里，儿子陪爸爸下棋，你们陪我们打牌，陪伴是最好的孝心！"婆婆竟记住了电视里的公益广告语，让我惊讶又内疚。之前打麻将，总有浪费时间的感觉，却不知这样的时间温暖了老人的心。

一个下午，公公婆婆都开开心心。太阳西沉，晚饭时间要到，婆婆意犹未尽，公公说："还有四牌，抢割抢收啊！"于是，还有三牌、还有两牌地吆喝着。"最后一牌，没有机会啦！"说笑间，剁家辣子结束。各人清点门前的钱墩子，赢多少输多少，一清二楚。不过，不管输赢，婆婆来了一句："下周再见！"

"好好好！"我们应声而答。

2016 年 8 月

雪窗煨芋

有位作家写过这样一句话：越是温贫暖老的东西，越容易在冬天打动人。一点儿不假。

例如芋头。宋时就有民谣相传：深夜一炉火，浑家团栾坐，煨得芋头熟，天子不如我。清人吴谷祥清丽的画卷上，松烟炭火茶热壶温中，几颗滚圆的芋头，芋芽粉粉，不发一语，最为撩人。寒夜客来，以助剧谈，不亦乐乎。

芋头春种秋熟，堆在屋角，或存到地窖，可以吃到来年下种，煮、蒸、烤、炒、烧、烩、炸均可。用芋头做的鸭羹汤，是家乡年三十晚上的压轴戏。"大年三十吃芋头——来年遇好人"一说，流传至今。

记得小时候，过年很冷，冰凌垂屋檐。当炉上还煨着这锅汤时，年夜饭已经开始。父亲把酒言欢，全家其乐融融。

酒过三巡，炉上这锅汤急吼吼地要登场。母亲用青花细瓷碗小心盛上来，端放在桌子中央，热气腾腾。汤面上零星散着青翠的蒜花，隐约几粒牛肉丁，桃红柳绿似的。洁白的芋头丁，簇拥在一起，像一树盛开的梨花。三色交枝，春意满腹，唤起别样的食欲。

母亲的嗓门也高了八度："吃格，吃格，来年遇好人哦！"

于是，我们姐弟四个，四只调羹，争先恐后伸向碗里，争抢遇好人的机会，稍不留神调羹碰在一起，发出叮叮脆响，奏响了新年的乐章。虽狼吞虎咽，回味则无穷。一种滑软、绵香的滋味，在脏腑间流转，熨帖了角角落落，似乎遇到了好人，浑身舒坦。不一会儿，一碗鸭羹汤底朝了天。

一年又一年，鸭羹汤伴着我们长大，寄予了母亲真切的愿望。

一度，我对鸭羹汤里没有鸭肉表示疑惑。父亲解释说，这碗汤已成了家常菜，虽说水乡鸭子多，不可能烧一次宰一次鸭吧，不知哪位乡贤的心思，顺手把牛肉撂进锅里，结果味道不相上下，便沿袭了下来。

那些年月，隆冬时节，父亲时常上街卖芋。他一边挑着担子，一边吆喝："垎岸芋头香又香，质白如玉健胃肠，下锅不用油打滚，你不来买我收场。"声线悠长，几条街巷一转，畚箕里的芋头很快被抢购一空，走进了城里人除夕的餐桌。

故乡港口是一座风景优美的千年古镇，其垎岸风光尤为动人。乡人是写意的高手，盛夏时节，芋叶高高低低的垎岸上，芋叶翠绿，像一块块碧玉，透着温润，透着丰收在望。他们舀起湖里的水，浇到阔大的芋叶上，胜似雨打芭蕉。

有一笑话。说一北方人来到南方，见了芋头，一阵风吹过，芋叶翻涌，颇似"一一风荷举"，惊呼：南方人真厉害，竟然把荷花种到了地上。

我曾经在蒋介石的故乡奉化吃过一种芋头，当地人称作"芋艿"，一长溜的地摊全是卖芋艿的，袅袅热气中似有一阵清香飘过。等到入嘴细嚼，并不是喜出望外的那种。

或许是摊主生意不佳，出货不多，新鲜不足，味道寡淡；或许是情感上的偏爱吧，总觉得故乡的芋头更胜一筹。

有着800年种植历史的故乡芋头，外表粗陋，却难掩内里的厚重，它如一根红线，牵动着游子的乡愁。

回家过年，哥哥坚持了四十余年，那一碗鸭羹汤已深深烙进心田。有一年除夕，树上、屋顶银装素裹。因为堵车，万家灯火时，哥哥还在路上。

屋内炉火正旺，母亲早把做鸭羹汤的食材准备停当。一大碗半厘米见方的芋头丁，一小碗同样大小的牛肉丁，一块豆腐，一小碟青蒜花。为了增加香浓的味道，母亲特意准备了一勺压碎的花生米。

夜越来越深。母亲频频起身。窗外雪花，一片，又一片，不急不慢，一点儿不理会母亲的心情。

踌躇中，母亲终迈进了厨房，葱姜炝锅，煸炒芋头丁、牛肉丁，加水，劈入豆腐丁，炖至酥烂，起锅前倒进花生末，撒上青蒜花，鸭羹汤就成了。

鸭羹汤做起来不复杂，只是母亲热了一次又一次，汤汁越来越稠。等哥哥赶到家已是子夜，爆竹声声。一路的风尘，一路的急切，都化在了那碗浓厚的鸭羹汤里。

当芋头的清甜粉糯，裹挟着豆腐香、牛肉香、花生香，在齿颊间浩浩荡荡时，哥哥重复了一句话："打嘴巴都不丢啊。"一旁的母亲，笑靥如花。

任时光流逝，只一羹就温暖了一年。

多年前，我随军到部队，每次回家，父亲总是准备几个"汤罐芋"（个头大如汤罐）让我们带走。一到部队，我学着母亲的做法，系上围裙，手持刀铲，灶台上的一阵忙碌，烹制成一锅鲜美的鸭羹汤，招待没能回家过年的战士。千里之外，纯正的家乡味，于一勺一勺间纾解了战士们对家乡的思念，至今还被他们追忆叫绝。

晚来天欲雪，煨一锅鸭羹汤吧，那是人间至味。

2017 年 12 月

丝瓜

偶然的机会，我欣赏到泰州画家潘觐缋的一幅《鸭群》图。

图上，上百只鸭子，在水边快乐地游动觅食，长而圆实的丝瓜静静地悬垂下来，与憨态可掬的鸭子相映成趣。

整幅画清新爽目，动静相宜，乡野之美呼之欲出。

这幅画里，丝瓜是配角。

倘若把丝瓜换成黄瓜，黄瓜偏瘦小，有点小家子气。换成瓠瓜，瓠瓜庸粗，又俗了点。换成扁豆，扁豆喜往天上去，忒骄傲，呼应不到下边的鸭群。换成豇豆，豇豆细长，太纤弱，跟活泼的肥鸭不协调。似乎只有宁静低敛的丝瓜刚刚好，最合适。

丝瓜味道清甜，就像一张微笑的脸，亲和力强。丝瓜毛豆米，丝瓜蛋汤，是夏日消暑佳肴。过去生活贫寒，一年到头清汤寡水。

有一次，母亲在丝瓜汤里加了两根油条，一锅翠绿，浮动朵朵金黄，一份灿烂，写在我的脸上。于是，一口丝瓜，一口油条，寂寞的味蕾，乖乖隆地咚，像贪吃的奶娃，猛力吮吸，在清芬和焦香间流转，一股浓郁老半天在舌间滞留。几十年过去了，一想起来，齿颊留香。

那时，我居住的那条巷子，长长弯弯，家家种丝瓜。清明时节，沿着墙角，窝几棵瓜秧，搭几根旧竿，一俟立夏，蹲苗蓄势的瓜秧，蹭风蹭雨蹭太阳，噌噌噌，一路向上，又四下里游走，泼皮得很。

在小满、芒种的催发下，墙内墙外，树梢瓦当，长藤缠绕，茂密的阔叶，呼啦啦扯成绿色的帷幕。帷幕上星星点点的花儿，黄灿灿绽放时，花蒂下开始书写生动的履历，一天一个样。宋人杜北山诗云："数日雨晴秋草长，丝瓜沿上瓦墙生。"

复经夏至入暑，一条条长长的果实，青碧沉沉，触手可及。一踏进巷口，满目皆绿，风吹叶动，一身阴凉，如入丹青。我们的喜悦也随之而来。

听母亲的吩咐，我剪下院墙上最长的一根，自告奋勇把它切成一截一截的，用织网的梭子，尖尖的头戳进去，顺势一挖，捋一圈，丝瓜肉递给妈妈烧菜。那一截一截的空圈圈便成了儿时的玩物，戴镯子似的，一个一个套进自己的手腕，然后甩起膀子走在街巷里，和小伙伴们一起亮相。

丽萍是我们当中皮肤最白的一个，她腕上套得比我还多，嫩白的肌肤与翠绿交叠，若一湖清澈里的朵朵睡莲，煞是好看。几个丫头手拉手，从巷子南头一直走到北头，一路嬉笑。大人们路过时，并不呵斥，只来一句"疯丫头哦"，就走远了。

我们不但不囧，反而更兴奋，更得意，没有一点儿寒碜感。如今说起来，会捧腹，但那会儿是真开心。物质的贫乏，并不影响生活的快乐。相反，物质丰富了，人们反而容易被奴役，失却精神的乐园。

剩下的丝瓜皮，母亲随手扔进咸菜缸，一个星期后捞出来，多淋些菜油，放在饭锅里蒸，一道下饭菜就好了。

及至秋风吹起，丝瓜也老之将至。母亲拉下藤蔓，摘下预留的几条，放在墙头上晒，揉出黑籽，留作下一年用。剩下的丝瓜络，是刷锅洗碗的妙品。陆游偏爱丝瓜络，曾云："丝瓜涤砚磨洗，余渍皆尽而不损砚。"

老了，还能派上用场，细细想来，在所有的瓜类中，能和丝瓜相提并论的，还真没有。从小垄瓜蔓绿爬藤，到黄花翠瓞子累累，再到皮皱叶枯心不老，丝瓜的一生，仿若从活泼开朗的花旦，到优雅沉静的青衣，再到余味犹存的老生，每一阶段皆有出色的表演，让自己丰盈饱满！

2017 年 9 月

冻小杂鱼

小杂鱼，因其小，不登大雅之堂，却独具魅力。

汪曾祺有篇文《鱼我所欲也》，写了他喜爱的鱼，有石斑、鳜鱼、鲥鱼、刀鱼，但家乡的小杂鱼虎头鲨、昂刺，虽上不得席，也忝列其中，并详细介绍吃法是汆汤，加醋、胡椒。鱼肉极细嫩，松而不散，汤味极鲜，开胃。小杂鱼寄托着汪老的一缕乡愁。

一到冬天，我就想起冻的小杂鱼。

冻小杂鱼，一段美好的回忆。

那时冬夜极冷，宿舍几张方凳拼起来的桌子上，常摆着各自带回的菜肴。姑娘们两眼放光，母亲的冻小杂鱼，色如琉璃，最受欢迎。

七八双筷子，齐刷刷伸向冻小杂鱼，弄得盛鱼的搪瓷缸差点儿翻掉。撺一条小杂鱼，不吐刺，从头嚼到尾，一点儿劲爆的辣，连同鱼肉的香，在舌间四蹿时，心思再不会往别处去。

挑点咸菜，就一口热乎乎的白粥，咸菜上的鱼冻迅即化开渗透，像盖浇的一层高汤，满嘴动起来，白粥立时升华为珍馐。一口鱼一口粥，浓烈与清简的交织，搅得舌尖停不下来。如此来这般去，沉醉不知了归路。满满一搪瓷缸冻小杂鱼，一扫而光。姑娘们满面红光，嚷嚷着下次要多带点。

我的故乡地处水乡泽国，和汪老的高邮一衣带水，也出产各种鱼儿，除了汪老提及的虎头鲨、昂刺，还有鳑鲏、鳟鱼、小罗锅，这些永远长不大的小鱼是做冻小杂鱼的不二之选，菜场去晚了不一定能买得到，母亲一买就是一篮子。

当时小镇上还没有自来水，买回的小杂鱼要到河边清洗。

冬日的河面常结一层冰，母亲砸开冰面，蹲在码头的水泥板上就忙碌起来。

先在小杂鱼的胸鳍处掐开一道口子，一捏一挤，去除肠杂，然后顺手用大拇指刮去细鳞。母亲说，肠杂去不干净，小鱼味苦；鱼鳞去不彻底，有腥味。

一条条小鱼经过母亲的手，变得清亮又干净，挨挨挤挤，在冬日暖阳下闪着银光，像一幅静美的油画。

脚蹲麻了，手冻红了，西北风吹乱了头发，母亲挎着"一幅油画"，兴冲冲跑回家。

等小杂鱼沥干水，母亲系上围裙，生起灶火。

锅中放油，爆香葱姜，小杂鱼下锅轻轻翻炒。倒点白酒、酱油，适量的盐、糖、和鱼身齐平的水。待酒味消散，盖上锅盖慢慢煮。

当鱼香频频散出，加进腌制的咸菜、干辣椒，稍稍翻动一下，再煮上三五分钟，即刻出锅。咸菜如藤，辣椒似叶，鱼是藤叶间的花，一开，满眼芳华，滋味尽在眼前。滴水成冰的日子，小杂鱼很快冻在一起。

在县城上班四年，我带了四年，从没有腻的时候。母亲曾开玩笑地说过，几大条船的小杂鱼被我吃掉了。后来客居异乡，少有机会吃到这般美味。

偶尔，我在一些餐饮店会遇到熟悉的冻小杂鱼，品尝过后，总觉得味道不够鲜美，色泽不够靓丽，远逊于母亲做的。

多年以后，我再次见到舍友，都叽叽喳喳地一同忆起了母亲的冻小杂鱼。

冬日的一天，我去看望年迈的母亲，聊起从前的冻小杂鱼。母亲一脸笑，说还记得啊？母亲的味道，怎会忘记？！食物在铺呈美味的同时，早把最厚重的情感融入，成为一辈子的回忆。

小鱼虽小，却有大张力。

2018 年 11 月

大蒜烫卜页

二月兰盛开时，年味已尽，我家意犹未尽，一海碗大蒜烫卜页，还不时出现在餐桌上，延续着过年温馨的时光。

以前，日子清苦，大蒜烫卜页"金贵"，平时吃不到，唯有过年几天才有，它是卤汀河人家的美馔。

大年初一的早晨，卤汀河人家男主通常亲自下厨，为家人烹制这道美味。

天还没亮，父亲已经起床，一个人在厨房里忙。卜页切成细丝，开水锅里烫好，继续烫大蒜。烫大蒜是个技术活，多一分，大蒜烫软了不脆；少一分，大蒜没烫熟又辣嘴，全凭眼神和手感。父亲最得意的地方就在这里，每次都让你觉得正好。趁着热乎劲儿，把大蒜切成寸把长，和卜页拌在一个大海碗里，浇上酱油、麻油，大功告成。接着一声吆喝"泡茶啊"，像号令，姐姐忙不迭地泡好茶，全家人一齐上桌。

喝一口热茶，又一筷子大蒜烫卜页。大蒜的清甜，裹着卜页的醇香，融合成一种迷人的复合味。搭点蜜姜和花生米，胃口更开。举杯互祝间，常常是大蒜又光了，卜页垫底。这时，父亲笑了，他料定我们没吃够，早备好另一碗大蒜在家神柜上，命我拿来，统统倒入。于是，续上茶水，继续开吃。雪映晴窗，这一顿早茶吃得心满意足，打着饱嗝，才出门拜年去了。

以农耕为主的卤汀河人家，从年头忙到年尾，只有过年几天才能歇下来。于是，人们用最闲适的方式，喝茶来消除一年的辛劳，最好的搭档就是一海碗大蒜烫卜页，既营养丰富又清爽可口。一碗地地道道的乡土菜，格调却不低，能与茶为伍，一边品茗一边品味，吃出优雅，吃出快意，也吃出了卤汀河人家的从容与豪迈。

故乡古镇港口，卤汀河上的一枝花。

夏末秋初，乡人们在垎田一行行摆好蒜种，头朝下尾朝上，盖上穰草，屝足水，然后经霜历雨。冬日里，大蒜肥硕，青翠一片，蔚然成景。

坷岸大蒜，根须短，梗子长，剥开粉紫色外皮，洁白的蒜梗，似凝霜的纤指。蒜芯，鹅黄色，像初春的柳芽，嫩。老公曾戏谑，气质就是不同！

乡人麻七财的卜页，用父亲的话说，真扎！标准盐卤点的，薄软、筋道，吃起来喷香。

坷岸大蒜，烫上麻七财卜页，就像是真、善、美的交融，演绎了一碗人间至味，昭示着人间真味。

有一年，两个小表姐结伴从苏州来，母亲特意加了这道菜，我亲见她俩大快朵颐。"小姑母，嗨其得弗得了（好吃得不得了）！"吴侬软语的轻柔嗲气，听得母亲笑逐颜开，答道："嗨其得就都其得（好吃就多吃点）。"一碗大蒜烫卜页，两表姐三下五除二，吃了个精光。若干年后，我去江南，表姐开聊的话题竟是那年的大蒜烫卜页。

汪曾祺在他的《干丝》一文里写道：他父亲常携青蒜（卤汀河人习惯称青蒜为大蒜）一把，嘱堂倌切寸段，稍烫一烫，与干丝同拌，别有滋味。这大概是他的发明。看到这里，我笑了，汪先生没来过我们这里，不知道大蒜烫干丝与大蒜烫卜页如出一辙，都是卤汀河人家的喜好。只是干丝由豆腐干用薄刃快刀片成薄片，再切为细丝，比较柔软。而卜页是熟豆浆压得紧且更薄的一种，弹牙，有嚼劲，能生发出卜页的浓香，融入大蒜的清甜，更显卤汀河人的心性。

味觉的回眸，是一份美丽的乡愁。现今，土地流转，场地出租，坷岸大蒜日渐稀少。有一次，老公从菜场回来，说菜场卖大蒜的不下二十个，但本地的极少，挨个转下来，最后才锁定一位老太，没问价钱就买了。

他感慨一蒜难求。好在，总能求到。难得的是，隔着居所两条街，还寻得了一家卖卜页的，和从前麻七财的不相上下，真的是众里寻他千百度。

"爆竹一声除旧岁，总把新桃换旧符。"又是一个大年初一的早晨，当我们还赖在热被窝里，老公已悄悄在厨房间进行。等一切准备得差不多了，他一声"可以升帐啦"，颇像当年父亲的号令，只是时过境迁，内容迥异了。

餐桌上一海碗大蒜烫卜页青白相间，赫然入目，我们依然就着袅袅热茶，对着那人间至味，边吃边喝边聊，延续着卤汀河人家的从容与豪迈。

2020 年 3 月

下饭菜

　　婆婆是农村人，农活做得溜溜的，对做菜并不讲究。后来帮我们带小孩，才把烧菜当作又一个田地，勤恳种起来，现时常翻出意料之外的花样，令我们折服。

　　盛夏的一天，先生望着餐桌上一碗酱色的菜，不知是何物，一脸诧异。婆婆故意不讲，说尝尝看，味道如何？

　　先生夹了一块，咬了一口，咂摸一下，点头道："味道还真不丑。黄瓜吗？还是水瓜？抑或菜瓜？"婆婆直摇头，一脸得意："是你们买来的西瓜，吃剩的皮！"原来竟是西瓜皮腌制的酱菜。

　　一块块小长方形的酱色瓜皮，大小不一地挤在小碗里，没有一点儿吊胃口的样子，婆婆却因此打开了话匣子。

　　"记不清哪一年，西瓜地里长了一个特别大的西瓜，不晓得是太阳照得多，还是肥料壅得好，那瓜足有二十来斤。好玩呢！圆滚滚、绿油油地躺在藤旁边，捧回家后也不舍得吃，放在堂屋里天天看着高兴。两个人（两个儿子）熬不住了，央求我好几天才切开，分送左邻右舍。那瓜红瓤黑子，相当甜，弟兄俩吃得满嘴汁流，滴到脖子上、汗衫上全然不管。"

　　婆婆讲得起劲，我们听得开心。

　　"因为瓜大，吃剩的瓜皮很多，我没舍得扔掉，收拾起来洗干净，撒上盐，统统码到一个大盆里，腌制五六天后烧成菜，估计是盐多了太咸，大家只动了一次筷子，没人肯再吃，全倒掉了。"

　　那一次婆婆以失败告终，而今不一样了，同样的食材，同样的腌制，婆婆像是变了一个人，把西瓜皮做成了一道夏日美味。我也夹了一块，咬了一点儿，不敢多，生怕还是咸，所以咬的动作含蓄，带着抿的成分。这一抿却抿出了滋味。紧闭的双唇正好环拥着舌尖，满贴着入口的那一小点，一股香浓涌入舌面，迅速调动津液，立时散开来，舒展着味觉。我不禁放开双唇，追咬一口，和着米饭，爽爽地吃起来。

一碗饭下肚，几乎没夹其他菜，全家人一齐夸赞婆婆。这不花钱的下饭菜，备受欢迎，令一边的鱼肉黯然失色。

与土地打了一辈子交道的婆婆，勤劳善良，勤俭持家，朴实为怀，跟这不花钱的下饭菜何其相似。借小文表达对婆婆深深的敬意。

2015 年 8 月

且将蚕豆伴青梅

搬了新居，远离城市的喧闹，有机会走田野小径。周六晨练，意外发现路边的蚕豆已开始结荚了，小豆荚们油亮翠绿，一致向上，像齐刷刷仰头看天的孩童，勾起我诸多记忆。

很多年前，我家西墙角有一块空地，爷爷收获玉米后适时种上蚕豆。

蚕豆泼皮，不用打理，吸收天地精华，自由生长。等草木泛青，春雨飘来，蚕豆自下而上渐次开出一串串白中带紫、紫中黑亮的花，如水洗的明眸，风一吹，顾盼流转，别样之美，常引得我们几个小女孩在花旁流连。

当花谢结荚，最先尝鲜的还是我们几个。跳绳子跳得头上油呃毛（方言：头发都湿了），随手摘下一颗豆荚，剥开外壳，翠嫩的蚕豆盈润可人，扔进嘴里，一丝清甜正好缓解了嗓子眼的渴。

初夏，蚕豆新上市，味道最美。清人袁枚在他的《随园食单》中介绍："新蚕豆之嫩者，以腌芥菜炒之，甚妙。"此时的大人或者小孩，喝着稀饭或者吃着米饭，皆奔着蚕豆而去，畅快无比。

新蚕豆于我另有乐趣。母亲挑个大饱满的，串成项链状，随锅一起煮，这是小时候"最美"的食物。小伙伴们几乎人手一串，挂在脖子上，揪一颗吃一颗，你看我，我看你，莫名开心。有时互相追着抢对方的吃，完全不是为了滋味。

宋代文人林洪在《山家清供》里说："夏初林笋盛时，扫叶就竹边煨熟，其味甚鲜。"吃笋讲究的是新鲜，蚕豆不一样，从新鲜到老，都滋味满满。

因着五月熏风的吹染，蚕豆大量上市，外层青皮开始老化，价格回落，很多人家一买就是十斤二十斤，拎回来一大袋，在午后斜阳下不慌不忙，不约而同剥去外皮，露出肌理的豆瓣青翠依然，玉润一般。用干净的袋子分装好，放在冰箱，随吃随取。

那一日，我们姐妹仨在爸妈家碰头。三两杯下肚，餐桌上的鱼肉没人动筷子。大姐夫见状马上进厨房，两三分钟端上来一碗蚕豆瓣咸菜蛋花汤。十双筷子，即刻各有宿主。有单挑豆瓣的，有豆瓣咸菜一起搛的，我则用调羹连着蛋花三合一。

绵软的豆瓣，遇上细碎的蛋花，生成香浓的完全蛋白，在唇齿间芬芳，适逢咸菜中大量乳酸菌的造访，平添一份清醇隽永，大家啧啧称赞。我干脆端着饭碗，就着汤碗，一勺一勺舀到碗里，拌着米饭，吃得风生水起。

简简单单的一碗汤轻而易举地俘获了我们的胃，果真是越简洁越明快。

郑板桥，扬州八怪之一，还是一个美食家，后人根据他的诗文设计了板桥宴，其中味碟之一的糊涂烂豆便取自他难得糊涂一说。

糊涂烂豆是由老蚕豆浸水生芽，加盐及香料煮熟而成。早年这样的烂芽豆，我爸当下酒菜，怡然自得，一旁的我们一颗又一颗也是津津有味。

曾经我爸出差回来，包包里总会掏出各地的风味小吃。奶油五香豆，是我在小伙伴前炫耀的零食，真空包装，一个个皱巴巴地挤在一起，统统被我们嚼出了万般喜悦。

老蚕豆还有一种便捷的吃法是"炸"，寒冬腊月排队炸蚕豆，是往昔孩子们的乐事。炸炒米的师傅一喊"响啊"，胆小的忙捂着耳朵跑得老远，"嘭"的一声过后，赶紧又溜回来。开花的蚕豆，咧着张张笑脸，哗啦啦倒进袋子。趁热抓几颗先尝，香酥可口。我在县城上班时，每次过年以后回厂，母亲总会把一袋炸蚕豆塞进行囊，宿舍里蚕豆壳一地，欢声笑语一地。

最缱绻的蚕豆，当是农闲季节，女人烧好晚饭，倚门等男人，寂寞时，从围裙小口袋里摸出自己炒的老蚕豆，咯嘣咯嘣地慢嚼。一粒蚕豆，让等待有了诗意。

记忆深处的蚕豆，粗粗粝粝，常常是配角，但把百姓的生活配得活色生香，加上岁月给它拢上的一层温润包浆，令人难忘。

宋诗人舒岳祥最深情。他在《小酌送春》中写道："莫道莺花抛白发，且将蚕豆伴青梅。"莺啼花开的春天即将离去，我们因这时光的离去，而一天天白了头发。既然光阴留不住，不如洒脱点，就着一盘炒蚕豆，斟上一杯青梅酒，好好活在当下，过好每一天。

2020 年 3 月

本色鱼圆

出罧塘，是里下河鱼米之乡春节前一个精彩的农事，场面热闹宏大。一个亩把的罧塘，少则几百斤，多则上千斤的鱼儿被捕捞上来。

兴高采烈的庄户人家，把自家分得的鱼儿再分三份，小的煮上几盘鲜吃，大的腌制，最大的一条青鱼或草鲲留做鱼圆。印象里，腊月晴好的一天，父亲总是从鱼贩子那儿买上一条大草鲲回来做鱼圆。

梁实秋写他母亲做鱼圆，轻松愉快，尤其杀鱼的过程读来忍俊不禁。我见父亲做鱼圆，认真细致，就像是在做一件工艺品，花费大半天的时间，充满殷切的期待。

一条杀好洗干净的草鲲，父亲首先去掉鱼皮、鱼骨，取其净肉，在清水里浸泡，等血色褪去变成白色，然后在砧板上剁成鱼肉泥，加入淀粉、葱、姜、盐和水。接下来，用手在盆中反复搅拓上劲。搅拓上劲在泰州方言里用一个"戽"（音 hù）字来表述，名词动化，就像戽斗不停地从河里舀水浇菜的过程，形象逼真。寒冷的冬日，父亲戽得热火朝天时，棉袄常脱在一边。这样的戽往往要持续一小时左右。父亲说慢工出细活，功夫到家鱼圆才起孔活达。

父亲戽的动作，梁实秋母亲用竹筷子打，异曲同工。想来打似有一种女人的情调，戽是一种男人的干劲，他们都尽心尽力为家人做最好的鱼圆。

做鱼圆，打或者戽是一个方面，盐与水的比例也很重要。比例适中时，鱼泥从大拇指与食指围起来的虎口中挤出，用调羹放进开水锅里，神气活现，探头探脑，像乒乓球一样在沸水里翻滚。倘若比例失调，掉进锅里的鱼泥很快散开，或者膨胀不开，直沉锅底，口感极差。

鱼圆通常做两种，一种水汆，一种油炸。水汆的莹白，鲜嫩。油炸的金黄，香浓。

等鱼泥厼成黏稠状，准备下锅时，我们便围在锅边看。最初做的十来个，热烫烫的，会被我们尝鲜、品评。父亲张着笑脸，等着我们的结论。

随着时间的推移、岁月的变迁、社会的发展，不再家家做鱼圆，也不再春节才有鱼圆吃，很多菜场都有专门做鱼圆卖的。

父亲最懂鱼圆的好。苏州的舅舅爱吃家乡的鱼圆，每年他们一大家子回来祭扫，父亲定会一大早跑到升仙桥菜场一家鱼圆店，买现做现卖的鱼圆给他们带回，表哥家一份，舅舅家一份，以慰乡愁。

一个人的午餐，好打发，但我从不马马虎虎，最喜欢做一道菜——烧鱼圆，外加一碗米饭，既简单快捷又营养美味。

烧鱼圆，挑大梁的自然是鱼圆，辅以青菜、笋片、木耳，有时加一点儿虾，看它们在锅里沸腾，就像看一出热闹的戏。当鱼圆鼓得溜圆，虾身如弓时，戏到了高潮，我把高潮挪到青瓷海碗里，来一句念白，"端的是青枝绿叶白芙蓉，一抹红霞璀璨中"，咿咿呀呀的，一个人嗨翻了。

先搛一个入口，来不及细品，匆匆咽了进去。再来一个吧，于是嫩滑、爽口、柔韧的感觉，才一个一个从味蕾上蹦了出来。适时搭一口青菜，一片笋，或一片木耳，清清纯纯又充盈舌尖。如此往复循环，一碗米饭，吃得通体逍遥舒畅，哪里还有一个人的孤单寂寞？！

鱼圆自古有之，说来悲壮，竟是楚文王逼出来的。楚文王用餐，山珍海味可少，唯鱼不可缺。有一次外出回宫，大啖武昌鱼，被一根鱼刺扎破了咽喉。楚文王怒不可遏，随即将司宴官斩首，吓得大家不敢为他做鱼。但此君又一天离不开吃鱼，厨师急中生智将鱼斩头去尾，剥皮剔刺，剁成细茸，做成鱼圆，战战兢兢地呈上。楚文王一尝香鲜可口，也不用担心鱼刺卡住咽喉，大喜过望，从此将鱼做成鱼圆成了荆楚一带的风气。

明末才子冒辟疆的爱妻董小宛，不仅貌美，还做得一手好菜。她首创了灌蟹鱼圆，内孕蟹粉，色如琥珀，浮于清汤之中，有"黄金白玉兜，玉珠浴清流"之美，冒辟疆特别钟情。小宛是个珍品，一个鱼圆，就把普通琐碎的日子过得浪漫，有情致，令人敬佩。

鱼圆盛行在南方的鱼米之乡，已逾两千年，做得越来越诱人。据说浙江、湖北的鱼圆也不错，只是我没吃过。但家乡泰州的鱼圆更为奇特，鱼圆在汤中呈圆形，夹在筷子上呈长形，放在盘中呈扁形，弹性十足，或许就是父亲说的戽功到家。

泰州又以兴化沙沟的鱼圆最有名，沙沟人戏称鱼圆为"鱼陀子"，寓意"年年有余，团团圆圆"。在沙沟镇，无鱼圆上桌不称酒席。近年来，沙沟人将制作鱼圆的绝活带到了四面八方，沙沟大鱼圆让更多的人品尝到了水乡的传统风味。

不过不管哪里的鱼圆，他们都有一个共同的特点，完全是用自己的本色本真去调和，不讨好，所以味道纯正鲜美。在细嚼慢咽的烟火人间，唯用本色本真做底色，生活的滋味才会无限美好。

2020 年 5 月

打蛋茶

在物资匮乏的年代，没有下饭菜的时候，就着一碗神仙汤也有滋有味。

神仙汤很简单，一勺酱油，适量胡椒粉，三四滴麻油，最好挖一块"脂油"（猪网油熬制的），滚水一冲，便是神仙汤了。泡在白米饭里，大人小孩都扒得喷香。

倘若，将几个打在开水锅里的鸡蛋，盛入神仙汤，撒点葱花，不得了了，那绝对是神仙的佳肴，吃上一口，整个人都会鲜活生动起来，这就是打蛋茶了。

打蛋茶是我们里下河地区的叫法，学名荷包蛋。荷包蛋口感好，营养丰富，做法简单，但很久以前老百姓并不知道。据说是宫廷御厨为了讨皇上的喜欢，按照水中的荷花用鸡蛋做成了一道美食。外形酷似荷花，里面的蛋黄和莲蓬相像，外皮清脆并且轻巧，因此叫荷包蛋。御厨告老还乡后，荷包蛋才在民间流传开来，进入寻常百姓家也没那么讲究，直接将蛋打在水里就成，味道一样的好。

我觉得"打蛋茶"三个字要比荷包蛋来得生动有意味。一个"打"字，是鸡蛋轻敲锅沿的欢快，或者鸡蛋与鸡蛋互相轻磕的欢喜。家乡人素有早上"皮包水"吃早茶的习惯，一个"茶"字，便能生出一份亲切、一份情意，自然还有一份滋润在心。

早年不管哪家来了客人，主人总是热情地打一碗蛋茶来招待。主、客之间，随着蛋茶的热气升腾，彼此生出"有朋自远方来，不亦乐乎"的喜悦。蛋茶中的鸡蛋通常为三个或四个，很客气的才有五六个。蛋茶还有个说法，绝不能只打两个，那和当面骂人差不多。听闻农村确实发生过这样的事：两家亲戚有矛盾，不想再来往，一方到另一方家时，女主人给来客打了两个鸡蛋，来客深知其意，拂袖而去，从此绝交。

打蛋茶有说法，吃蛋茶也有讲究。蛋茶上桌后，不能痛痛快快地全吃掉，一定要留至少一个。如果是新女婿上门吃蛋茶不懂得留蛋，就是笑话了，轻则要被人家说不懂规矩，没有家教，是个"呆女婿"，重则这门亲事就能因之而黄了。为什么要留？一是表示主人好客，蛋茶打得太多，吃不下了。更主要的是给孩子们留。吃留下的蛋茶是那个缺衣少食时期孩子们特殊的待遇。我听老公讲，当年他考上军校，到舅舅家报喜，舅母很高兴一下打了九个鸡蛋，他吃了六个，终生难忘。

如果在蛋茶里加入一把炒米，别有风味。捞一口入汤的小炒米，脆而香浓；喝一口醇厚的汤茶，鲜香无比；咬一口荷花一样的鸡蛋，滑软可口。这碗炒米蛋茶像"尤物"，既解饿，又解渴，还解馋。老人们都说，炒米蛋茶特别补人，讲究的人家就这样吃。

我吃过多少次打蛋茶，已记不清了。高三那年，寒冬腊月，学习到夜深时，母亲偶尔会端过来一碗打蛋茶，驱除寒夜的清苦，印象最深。

在曾经的岁月，打蛋茶最抚人心，也最显里下河人的淳朴真情。时至今日，依然能在寻常人家或者高档酒店见到打蛋茶的身影，或许靠的是它不失自我的嫩滑、清淡与鲜美。

2020 年 5 月

莲藕

"水落鱼虾常满市，湖多莲芡不论钱"，说的是里下河水乡物产的丰饶。莲藕作为水乡物产之一，深受人们喜爱。

我家附近有一片荷塘，春天看荷叶露尖，夏天看荷叶接天，秋冬就看到荷叶枯黄，莲藕不知什么时候悄悄深藏淤泥，宛若闭关苦修之人。

莲藕采摘分两种，青荷藕与冬荷藕。

当新藕形成，此时荷叶尚青，采挖出来的称为青荷藕，也叫嫩藕。好比数月的苦修已有收获，激情高涨，急于出关分享。青荷藕嫩，含糖分、水分多，最宜于生食，开胃健脾，凉拌最佳，脆甜爽口。

冬荷藕亦称老熟藕，是荷叶大部分发黄、枯死，藕体充分成熟时挖出的藕。就像耐得住寂寞，坚定信念的苦修人，在黑暗中不断前行，直至达到"自觉觉他"时才出关传道，所以冬荷藕个大体肥，产量亦高，适宜多种烹饪，生食亦较甜，煨汤、炒食俱佳。

里下河人爱藕，不囿于俗套，既爱青荷藕的青葱冒进，又爱冬荷藕的成熟稳健，所以尝鲜与常吃并举，乐享生活藕滋味。

莲藕不仅好吃，在里下河人心中还有着一份神圣美好。中秋佳节敬月光，婆婆必定挑枝干完整、藕芽齐全的整藕作为供品，整藕似乎寄托着家庭兴旺、子孙绵延的愿望。定过亲的男女双方情投意合，倘若准备年底结婚，男方中秋节丰厚的礼物里，一定有两扎齐整的莲藕，女方留下一扎，回男方一扎，表示"路路通畅""丝丝相连"。

怀念小时候的一种藕，一锅清水熬制，纯粹又醇厚。故乡港口曾是里下河一带商贸集散地，一条南北走向的长街俗称夹河口，很热闹。在夹河口的北头，冬日里总会有外地人支起两个两尺八的大浆锅。当清晨第一缕太阳升起，同时升起的还有大浆锅里的缕缕热气，那是熬了半夜的莲藕出锅了。

寒风凛冽中陆陆续续有人跑去买藕，即买即吃，一脸满足。我也曾去过，卖藕人掀开捂得严严实实的木头盖子，一阵藕香扑来，涎水直咽。手里的钱只能买一小段藕，虽是一小段，但藕段很粗，足够我慢慢享用。轻轻咬一口，带出长长的藕丝，风一吹，藕丝粘到嘴唇，粘到脸颊，总想着把它们一起吃进去，舌尖不停地舔寻，一边走一边吃，有趣得很。

那时候生活紧巴巴，难得买一次这样的藕吃，春天一到，卖藕人不见踪影，那满口藕香的滋味，那长长悠悠的藕丝，只能留在心底，巴望着冬天再来。

汪曾祺有篇小说《熟藕》，道尽了以前藕的美好与人的美好，我好像也有同感。如今菜场大铁皮桶里四季有藕，塞进糯米，撒上桂花，似乎滋味丰厚了，我吃进嘴里，一份生疏油然而生。

泰州兴化盛产莲藕，有一次特意去尝了兴化有名的藕夹子。

藕夹子是一种混搭，融合了藕香与肉香，且油而不腻，别有风味，在重口味的今天，估计是莲藕最受欢迎的吃法之一。

藕夹子好吃不好做，切片非常讲究，厚薄要均匀。一只藕夹由两片组成，两片之间不能分离，仅留 8 毫米的连接，每片的厚度须控制在 4 毫米左右，如果厨师刀工不好，常常浪费食材。肉馅选用精肉剁成肉泥加上细猪油渣，并加入生姜、葱、盐、味精等，充分搅拌均匀备用。用手把肉馅从藕夹的开口处填塞进去，最后将塞满肉馅的藕片蘸满面粉糊，放入烧开的油锅中煎炸。

这么费事的过程，兴化人乐在其中，而且逢年过节，家家都要做上一篮子藕夹子，除自己家食用外，还馈赠亲朋好友，真是温暖之藕夹子。

藕夹子亦称作"藕合"，藕是"偶"的谐音，偶即成双作对，合即和合如意。夹子是"有子"的一种说法，寓意很吉祥。上了年纪的老人还喜欢戏称藕夹子为"银洋钱"，是因为藕夹子外形圆中有孔，形状很像古时的钱币。

藕夹子有这么多的意象，可见里下河人对尘世幸福生活的向往，不遮不掩，身体力行。

又见荷叶青青，不禁想起藕之种种，想起爱藕的里下河人……

2020 年 5 月

春卷，春天的诗行

北宋元丰七年（1084）十二月二十四日，命运多舛的苏轼游泗州南山，品春茶吃春盘，兴致盎然，挥毫写下了"雪沫乳花浮午盏，蓼茸蒿笋试春盘。人间有味是清欢"的佳句。

春卷的前身即是令苏轼感悟人生真味的春盘。春盘东晋时就有，当时人们每到立春这一天，就将面粉制成的薄饼摊在盘中，加上精美蔬菜食用，故称春盘。到了唐宋，春盘更为盛行，诗人杜甫"春日春盘细生菜"和陆游的"春日春盘节物新"的诗句，都真实地反映了唐宋时期人们对节气的重视和春日的欢愉。

明清之际，春盘演绎为春饼，时有咬春一说。一个"咬"字，是迎春的心情，更有消灾祛病的韧劲，至此吃春饼逐渐成为一种传统习俗。随着烹调技术的发展和提高，春饼演变成小巧玲珑的春卷，不仅为民间小吃，也成为宫廷糕点，登上大雅之堂。清朝宫廷"满汉全席"菜点中，春卷是九道主要点心之一。

立春吃春卷就像端午吃粽子，大年三十吃饺子，必不可少。这天卖春卷皮的生意特好，通常排成一条长龙。看师傅甩春卷皮也是一种享受，但见一双手娴熟地飞上飞下，像燕子绕梁轻巧灵动，薄如蝉翼的春卷皮瞬间天成，一张一张地快速叠加，最后按斤两算账。一天甩下来，师傅也不觉得累，一旁的赞美声不断，早就心花怒放了。

春卷全国人民都喜欢，且以各自家乡的春卷为傲。诗人舒婷笔下的春卷，丰富多彩，令人目不暇接。她的春卷尤其强调时令，等到翡翠般的豌豆角上市，芫荽肥头大耳，红萝卜皮亮心脆，海蛎接到春雨，屋顶晾出一簸箕海苔……把这些新鲜裹入薄而韧的春卷皮，缔造的才是春日的欢愉，家人的最爱。

我也落入俗套，晒晒家乡的春卷。较常见的是荠菜春卷和韭黄春卷，一个朴素像平民，一个华丽像贵人。

春到溪头荠菜香，春日的田野。路旁，荠菜随处可见。我曾挎着小篮子，和姐姐们一起挑过野菜（荠菜），半天时间挑来一篮子翠绿，洗洗切切就派上了用场。荠菜有一种特殊的清香，荠菜春卷味道自是别具一格，是泰州过年期间有名的时令小吃。

"自折梅花插鬓端，韭黄兰苗簇春盘"，宋女词人朱淑真的绝句，嫩黄的韭芽、浅紫的兰芽横陈在洁白的玉盘里，与嫣红的梅花相映成趣，新春的勃勃生机盎然其间。这唯美的文化食单，令韭黄魅力独具。故乡港口韭菜远近驰名，所产韭黄尤为鲜美。早在深冬，就有农人新摅出的韭黄上市，价格自然不菲，但尝鲜的人们已经迫不及待地行动起来，父亲也曾加入行列，买一叠春卷皮，包入肉丝和韭黄，急急地在油锅里炸开了。我跟在父亲后面享嘴福，咬一口韭黄春卷，酥脆鲜香，直入肺腑，周身一热，寒冷不再，仿佛把春天提前吃进了肚里。正月里家家做春卷，邻里间互送品尝，让整个正月都温馨无比。

从春盘到春饼到春卷，跨越千年，这样繁复的过程，寄托着人们对春天的美好情思，对生命的虔诚敬畏，最值得我们珍视。

方今在饭店吃饭，经常有春卷上桌，我总觉得是种遗憾，不时不食、应时而食已被人们丢在脑后。行走在街头巷尾，稍稍留意，总能发现卖春卷的小店，我不觉得好。铺排整齐的春卷，其实写不出四季如春的字符，把特定内容泛滥成灾，必然少了一份当令的鲜美，更少了一种仪式感，一份生活的情致与雅趣。

当一种小吃被赋予了人文内涵，是否应该保持它的纯粹性？但愿春卷依然是春天美丽的诗行，把千家万户来吟唱。

2020 年 5 月

清芬流溢刨凉粉

夏天酷热，傍晚时分，来一碗刨凉粉最是舒爽。我住的地方有一条悠长的路，路不宽，但店铺林立，人来人往。路中段，对应着有两条小巷，通往南北两个老小区。两个巷口各有一个卖凉粉的摊点。

一到下午，两把大伞一撑，两个罩篮一支，罩篮里一边放着盖好的凉粉，一边三四个小碗已装满刨好的凉粉，各种调料盒子，挨个排好。

一有人问津，卖凉粉的迅速麻利地浇上麻酱油，撮上一点儿香菜、榨菜、什锦菜，顺便问一句，要辣的还是不辣？转眼间一碗色泽缤纷的刨凉粉已递到你面前。

性子急的，站着就连扒带搛风卷荷叶。摊点旁放着三四张小方凳，不急的坐在小方凳上，一口一口地品哑，不时把粘在碗边的凉粉一根一根搛下来，一起夹进嘴里，直到碗空，离凳而去。更多的顾客是打包带回家，与家人一起分享。

南边摆摊的是位大妈，皮肤白，干干净净，她卖凉粉和咸鸭蛋两样。对面的是个干瘦老头，机灵，除了凉粉、咸鸭蛋，兼有油炸的蚕豆、花生系列，以弥补自己的劣势，两边和气生财。下班高峰期也是摊点最忙的时候，跟着城市欢快的节奏，两边都围着一群人。皮肤白的大妈因为忙，脸上更加滋润；干瘦的老头因为忙，饱满又精神。一碗碗刨凉粉着实写意了小城的烟火繁华与和美。我也是加分的一个，常常凑进去，喊一声：一碗微辣的带走！

喜欢吃刨凉粉很久了。

30多年前我在县城上班，夏天，下班回到拥挤的宿舍，离食堂开饭还有一段时间，闷热难当时，听到窗外卖凉粉的吆喝声，我们几个女孩子一窝蜂从床上坐起来，一同跑到厂门口。

一辆三轮车上放着一个脸盆，卖凉粉的揭开脸盆上的毛巾，我们就看到头盆大的一块凉粉，晃悠悠的，暗青色，透着盈润的光泽。卖凉粉的用一种特制的镂子一圈一圈在凉粉上盘旋，粉条就从镂子的圆孔中出来一层层码在碗里，又变得莹白可人。加入调料搅拌一下，大口吃起来，鲜香的味道，伴着清凉滑爽，滋润了五脏六腑，像吹进了一袭凉风，暑热自然消退。

此后，我们天天盼着卖凉粉的吆喝声，倘若有一天卖凉粉的因事不能来，一个个霜打似的，没精打采。等吆喝声再次响起，姑娘们蹦起来就冲过去。漫长的炎夏，就这样，在凉粉的陪伴下，走成了岁月的美篇。

刨凉粉搭盐水鹅，父亲说一素一荤，爽口香嫩，最能满足口腹之欲。记得有一年夏天，立下军令状、完成销售任务的父亲，长途跋涉而归。他带着一身的风尘，去理发店修剪蓬乱的头发后，就到凉粉摊买了一大碗刨凉粉，再拐到卤菜店切了半个盐水鹅，犒劳全家。

晚上，枝头蝉鸣不已，父亲喝着小酒，给我们分享旅途的奇闻趣事。

因为热，汗从脖子上往下流，父亲用毛巾擦一擦，搛一块刨凉粉，继续不慌不忙地往下说。我们一边听，一边一口凉粉一口鹅，胃口大开。足足一小时，不知不觉两个盘子空了，而父亲只吃了一块鹅，滋味全给了我们。在一素一荤间，我们享受了父亲演绎的一次曼妙时光。

很多年，我不明白凉粉吃进嘴里为什么凉凉的，后来才知道家乡刨凉粉通常用绿豆做，绿豆本身是清凉之物，加之凉粉在制作过程中的膨化变性，以及搅拌成胶状物，好似变成了真空，周遭的热气一时无法入侵，所以清凉有加了。难怪夏天那么多人爱吃凉粉，凉粉流溢的"清芬"，一次又一次，让我们不由自主地靠近。

刨凉粉好吃不贵，亦上得了台面。如今在豪华的酒店，一桌酒席的冷碟里，常看到一盘刨凉粉，在其间不卑不亢，清丽优雅，极具个性。

宋代孟元老《东京梦华录》称北宋时汴梁已有"细索凉粉"，凉粉的历史不短，一直到今天还活跃在我们的日常里，想来食物的美好，不在于它的金贵，而在于它自身散发的魔力，人也一样。

2020 年 7 月

六角铮铮金刚脐

20世纪80年代，家家贫穷，一日三餐简简单单，三餐之外的零嘴不常有，有一样"阔绰"，只要一开口，父母不会犹豫，肯定能满足你的欲望，那就是三分钱一个的金刚脐。

泰州方言说某人一本正经的（含贬义），故作姿态，装模作样，或者揶揄太死板，不懂得变通的人，常用"六角铮铮的"一词，"你说你呃，六角铮铮的"。

金刚脐正好六个角，且六个角个个"尖翘挺拔"，但内里柔软，所以就有了歇后语"三分钱的金刚脐——六角铮铮的"。不过金刚脐诱人的地方也在这儿，油亮饱满的六个角，焦黄灿烂，由不得你不去咬上一口，韧实中不乏细腻松软，香甜可口，不但解馋，最大的好处是还能充饥。

泰州人除了吃早茶，还有吃晚茶的习俗。那年月油水不足，长身体的孩子，一到下午肚子常饿得咕咕叫，来一个金刚脐当晚茶，那真是"瞌睡送枕头——正是时候"。谁家请人做力气活，下午必定买金刚脐作当晚茶，既显示主人客气，又能延长干活时间，一举两得。金刚脐一角一角地掰开，泡入羊肉汤，据说别有洞天，可惜我从来没吃过。

金刚脐是江苏传统小吃，历史悠久，在镇江走红。《梵天庐丛录》记载：高宗南巡时，太后因渡江眩晕作恶，思得食物镇之。适某巡检小舟在御舟侧，以所携京江脐三枚进，太后食之而乐。晚宿金山行宫，高宗问安，太后告以渡江晕船，因京江脐而愈，遂以县令官巡检。

小小金刚脐，治好了皇太后的眩晕，大功一个。小巡检因而得到皇帝奖赏，提升为七品县太爷，天上掉了一个馅饼。这则轶闻，让金刚脐自带光芒，脱颖而出，风行于苏沪两地，因长相独特，亦有地方叫作"老虎爪子"。

从京江脐到金刚脐，知识点还不少。镇江古称"京江"，"江"方言念成

"刚"。"脐"通"饬"，收录在《康熙字典》，由于其形状像金刚的肚脐眼，所以到今天常写作"金刚脐"，形象有趣，最智慧的还是百姓。

时代的变迁往往是无情的，岁月里曾经的一些东西，已经或者必将渐行渐远，现在金刚脐已很少看到。

有一天，老公兴奋地跟我说，他买到了小时候吃的金刚脐。我问哪里买的，他说路上碰到一个骑电瓶车卖的人，电瓶车后座上绑着一个大纸牌，醒目地写着：正宗老酵头金刚脐！他还扯着嗓门叫卖。

我一听也很兴奋，多少年没吃了！赶紧抓过一只六角铮铮的就咬。除了表面一层焦黄的颜色相似，别的大失所望，完全是普通面包的味道。卖面包的好狡黠，抓住我们这代人特别是老年人的怀旧心理做文章。

据说金刚脐的制作不复杂，加油的面粉揉成小团，捏成馒头，用刀轻轻切成六角形，然后贴进炉壁，像做烧饼一样，或推进烘炉至焦黄而成。现今，各色西点充斥市场，传统的越来越稀少，其实真正能打动人心的味道，常常是身份低微甚至逐渐被遗忘的食品。所以，如果有人把这一传统传承下来，收获的不仅仅是利益，更多的是一代人的感念。

2020 年 5 月

消失的炒糖圆

正月十五闹元宵，年后第一个喜庆的日子。为了热闹，中国人很智慧，懂生活，从十三开始预热，到十五高潮，到十八意兴阑珊，一共六天，民间由此有了"上灯圆子落灯面"之说，寓意团团圆圆、长长久久。

十三上灯，家家户户炒糖圆，从餐桌上开始搓圆子，到灶台上炒圆子，孩子们跟着跑前跑后，迫不及待。他们吃完圆子，要拖着"兔子"，牵着"白马"，提着"荷花"……出门比灯去。

大人们不着急，等孩子们急匆匆走了，开始品味。

"炒圆子不能停铲子，糖圆有点焦了。"

"没关系，一点点，有焦香，下酒菜，呱呱叫。"

"下次注意。"

"下次我来炒。"

"少放点油炒，圆子锃亮。"

"糖水太少了，要多泼点，更好。"

"圆子都粘在一块了。"

"管它呢，蛮好吃的。"

……

橘红的光影里，大人们一说一搭，都笑了，墙上留下了一幅生动的剪影。

炒糖圆要有经验，拿捏得好，糖圆又软又甜，有嚼劲。父亲不以为然，说如今的炒糖圆没法跟他吃过的比。

故乡港口有一个堂子巷，窄窄的，麻珠的炒糖圆，正对着澡堂大门。洗完澡的人，帘子一掀，一颗颗圆润饱满的圆子映入眼帘，孩子一蹦就迈进店里，大人决拗不过小孩的嘴馋，其实大人也嘴馋，一起点吧。

麻珠炒糖圆，在小镇很有名，制作方法独特，用糖做馅儿，圆子不是搓，而是颠出来的。

把白糖捏成豌豆大的糖球，放进铺了一层自家舂的糯米粉的笸斗，轻轻洒点水到糖球上，抓住笸斗，一上一下地颠，糖球立刻沾上一层糯米粉，自动生成馅儿，倒出来用筛子筛一下，再倒进有糯米粉的笸斗，轻轻洒水再颠。就这样反复地又颠又筛，豌豆大的糖球颠成了小时候玩过的玻璃球大的圆子。笸斗里的"蹦迪"，强劲有力，蹦出了不一样的圆子。

父亲说这个过程耗时耗力，才见功夫，是麻珠炒糖圆好吃的关键。

麻珠一只眼睛不好，长相不迎人，但做事非常麻利。

一旦客人点了炒糖圆，三五分钟出锅。最出彩的镜头，是最后的过油一收，糖圆因为没有搓揉，分子间的空隙大，瞬间受热，膨大了一倍，个个如样，绝不粘连。用一青瓷小盘装上，黄灿灿，热腾腾，一咬一撒，糖汁入喉，酥香入舌，松软柔嫩的滋味，兼有棉花糖一样的孔稠之美，仿佛从天而降，出神入化，一百个好。

这样极致的口感，是难忘的，父亲每次说起，脸上都泛着光。只要随爷爷去澡堂洗澡，自然少不了品尝麻珠的炒糖圆。父亲很爱吃圆子，冰箱里常年不脱，早餐一顿 20 个小汤圆不在话下，曾让我称奇，原来经年的炒糖圆已深深调动了他的圆子味蕾。

麻珠已作古，没有人继承他的绝活。麻珠的炒糖圆消失了，几多可惜，这常让我怀想传统饮食文化的魅力。

2020 年 5 月

又见水酵饼

小时候，能经常吃到的早点中，我比较喜欢水酵饼，相对便宜，味道又好。

食物有属性，煎炸的香浓，像油端子、麻球、油条等，经过油的洗礼，清一色地裹上油亮的外衣，招徕客人。

水酵饼不一样，只有一层打底的油，完全靠炉火，靠蒸气，催发出稻米天然的芬芳，清淡适口。

记忆中的冬日，在街头避风的地方，常有卖水酵饼的。锅底上刷点油，然后一勺一勺将调匀的米粉顺锅边挨次倒下摊开，排满后盖上盖子，中途四边箍点水，不出几分钟，腾腾热气中弥漫着的甜香，扑鼻而来。

水酵饼论"合"卖，一上一下两片铲出合上，圆形，小茶碗口大小，外层金黄，内里雪白，在清晨阳光照射下，像一幅色彩明艳的画，给寒冷的街头添了几许温暖。

早起三光，晚起三慌，冬日赖床的人多，等到急急坎坎才起来，来不及吃早饭，便飞也似的跑掉。一旦卖水酵饼的揭开锅，大人小孩一齐上，有嚷嚷赶着上学的，有急急赶去上班的，有匆匆掐着点儿赶帮船的……都想在严寒里早早咬上一口热乎乎的水酵饼暖胃，然后三口并作两口，大嚼起来。倘若你等不及，一旁有棉絮捂着的也行，总之卖水酵饼的要一阵小忙。

做水酵饼的炉子是过去常见的一种陶制缸，大口大肚，底部略小，敲掉一块小口子，作为添加燃料的炉门，外加一只平底锅，就可以街头赚钱了。水酵饼做起来简单，成本低，而且强度不大，相对轻松，所以卖水酵饼的女人多，在困难时期或许撑起了家庭的重负，应了那句"妇女能顶半边天"。

水酵饼松软香甜，不油不腻，就像家乡人性格中的朴实平和，不争不抢，耐人寻味。有人说水酵饼里夹一根油条，味道更香，我不喜欢，这样削弱了水酵饼本身的清甜，保持自己的本真，不随波逐流，才是最好的自己。

水酵饼从小吃到大，我后来离开家乡，似乎也慢慢远离了水酵饼。等到回转，巷头已经"人面不知何处去"了。因为脾胃不好，面对各色重油的早点，我总是踟蹰不前，时常想起水酵饼，想起它清简迷人的味道，至简的隽永，一点儿不错。

去年柳园早茶节，我请家人们吃早茶，意外邂逅了水酵饼，一下亮了我的眼，那份喜悦就像朋友间的久别重逢。我左一口，右一口，中间再一口，自顾自先吃了一个，慰藉了多年的"空虚"。问清了师傅平常摊点的位置，时有光顾。

不知道水酵饼是谁发明的，流传了多少年，真心点赞，在我眼里，它是市井生活的一朵奇葩。相信每一个里下河人，对水酵饼都有这样或那样的记忆。水酵饼犹如牧童横笛吹出的一首曲子，清音悠扬。

2020 年 5 月

桃花流水鳜鱼肥

西塞山前白鹭飞，

桃花流水鳜鱼肥。

青箬笠，

绿蓑衣，

斜风细雨不须归。

诗人张志和的这首词明艳生动，百读不厌，说不尽的江南春景，道不完的高远意境，但流传最广的一句恐怕是："桃花流水鳜鱼肥"。张诗人或许就是一吃货，他直白地告诉我们：春天吃鳜鱼，就像在对的时间遇见对的人，最美不过。

三月桃红，鳜鱼经过一冬深水的蛰伏滋养，肥美诱人。少刺，蒜瓣一样的鱼肉，细嫩细嫩的，被李时珍誉为"水豚"。

去菜场卖鱼的地方转一圈，你会多看一眼鳜鱼。它鳞细，体厚，果青色的皮上，泛着漂亮的花黑斑点，脊背前部、臀鳍有一溜的硬刺，在水中游动，俊美霸气，仿若京剧中的武生，是一个勇猛的战将。

这个战将不寻常，在它肚里和心脏相连处长有一朵"花"，形似月季，不芬芳却"拿魂"，这是鳜鱼最为宝贵和营养价值极高的部位。这与生俱来拿魂的"花"，就像一颗不离不弃的"初心"，让淡水鱼们望尘莫及，自然也就名贵了。鳜鱼在我们这儿习惯叫季花鱼，于是有俚语：季花，季花，吃的就是"花"啊。可见初心多重要，当下喧嚣的世界，最难坚守的就是一颗初心。

女儿高考那年，我家鳜鱼吃得多。学习上帮不了忙，就在饮食上下功夫，每天翻不同的花样，女儿因此嘴变刁了，常点鳜鱼。

工作繁忙的家人，每每起大早到菜场，专等乡下来的野生鳜鱼，有时扑个空，第二天会去得更早，决不让女儿失望。红烧鳜鱼成了女儿的最爱。

红烧鳜鱼，鱼不需要大，斤把最好。

热锅倒油，依次加入蒜瓣、姜片、花椒，爆香后放入鳜鱼，煎至两面鱼肉变白，淋上生抽，加水，中途翻面。差不多时放入青红椒，让辣椒在汤中受热，提鲜，出锅前加入葱段，大约半个小时即可到嘴。

说起来，没什么深文大义，做好不容易。鳜鱼肉厚紧致，非一般鱼能比，烧时急不得。大火催开，火小慢炖，汤大汤小，要随时掌控，火候到位，才味如"水豚"。

家人烧鱼心无旁骛，人不离锅台，就像一个人的独角戏，用心之至。常见他不断扬铲，浇汤汁在鱼头、鱼腹，不能浸入汤里的部分，这是鳜鱼入味的诀窍。几番的行云流水，最后铲子舀点汤，舌尖舔一下，咂咂嘴，满意地说声"好啦！"，起锅装盘。偶尔加些白萝卜条，萝卜吸收了鲜美的汤汁，亦好吃。

中午放学回来的人，看到青花大瓷盘上色如琉璃的鳜鱼，咧嘴就笑，大快朵颐，一直以饱满的精神状态迎接了高考，家人很是欣慰，虽被鳜鱼的硬刺戳过多次，红红肿肿的要好几天才能消，却觉得特别值。

有一年去黄山旅游，在山脚下的汤口镇吃过一顿徽菜，其中臭鳜鱼印象深刻。一开始不肯动箸，"羞羞答答的"，一旦知了味，筷子立马"大大方方"起来，吃得过瘾。

臭鳜鱼和我们泰州的臭干一样，"闻着臭吃着香"，别有风味。据说某年盛夏，一桶桶鲜鳜鱼，突遇气温飙升，腐烂发臭，贩鱼人心急火燎，眼看血本无归，又不舍得扔掉，情急之中，码盐腌制烹饪，结果烹出了一片新天地，成为一道徽州名菜。穷途末路了，徽州人也不轻言放弃。一条臭鳜鱼，成了徽州人的写照。

鳜鱼吃得生猛、痛快的大概要数汪曾祺先生，他在《鱼我所欲也》里，描述在淮安和其小叔父、表弟吃干炸鳜鱼，"活鳜鱼，重三斤，加花刀，在大油锅中炸熟，外皮酥脆，鱼肉白嫩，蘸花椒盐吃，极妙！"读着这样敞亮的文字，感受汪老盎然的生活兴致，笃信"日日有小暖，至味在人间"的美好。

鳜鱼烧法多样，煎、熘、烧、蒸……无一不可，其中松鼠鳜鱼最见厨师功夫，是苏帮传统名菜。经过切、剖、拍、平、斩、剞、奇、炸等多道工序，鳜鱼昂首翘尾，身似菊花，形如松鼠，外浇了一层番茄调味汁，像披了一层黄金甲，更加神气可爱。松鼠鳜鱼酸甜可口，只在酒店才能吃到，深受人们喜爱。一上桌，只要有小朋友在场，迫不及待伸筷子的肯定是小朋友。倘若第一个伸筷子的是大人，必定先搛给小朋友吃。而后谦让间，一条鱼，吃得满桌春意。

鳜鱼，从张志和开始，人见人爱，爱得真性，爱得真心。生活总是爱的表达，爱是一道靓丽的风景，一汪心灵的源泉。爱，让岁月如诗。

2020 年 6 月

第二辑　履痕深深

　　一泓碧波之上，缥缈云烟之中，万千的竹子幻化成一座蓬莱仙岛。浩瀚的，绿色海浪，一浪赶着一浪，删繁就简，涌动着向天边而去，也顺带着，从我的心里掠过。

烟雨竹海

去过江南几次，都逢丽日当空，江南平添了一份灼灼，妩媚中带着热烈，我却无端生出别样的期盼。

上周末，朋友邀约去宜兴竹海，恰遇细雨纷飞，友吟出"自在飞花轻似梦，无边丝雨细如愁"，我会心一笑，江南应该是烟雨的样子，烟雨中的竹海又是什么样子呢？

兴冲冲，我们撑着雨伞，向竹海出发。

宜兴竹海位于苏、浙、皖三省交界的地方，有苏南第一峰玉女峰。为了登高远眺，我们上了缆车。

竹海的缆车，算是我坐过的最悠闲的一种，它并不急于把游人送达山顶，而是移步换景一般。海拔 600 米的玉女峰，足足花了 25 分钟。风与竹一程，雾与竹一程，水与竹一程，三程风景，相连交错，婉转旖旎朦胧。

那些浅绿、淡绿、深绿、浓绿的竹叶，重重叠叠，簇拥在一起，时隐时现。或低眉，或挥手，或探头，或言笑，恣情率性，灵醒活泼，引得人心旌摇动。我像一位少年郎，痴痴凝望那清秀可爱的邻家姑娘。

下了缆车才发现，山顶水雾浓重，白茫茫一片，竹海躲猫猫一样，藏了起来，我们只好遗憾地往山下走。下山的石阶不平整，硌脚，大家低着头小心翼翼，孩子们嘟嘟囔囔。

走了一会儿，我猛然抬头，眼前一片茂竹，清一色高大挺拔，像伟岸的大人物，我们都像小人儿，需仰视凝望，不禁一声赞叹！尤其那一个又一个的竹节，嶙峋其间，更像是神来之笔，把竹子的风骨刻画，由不得人不感怀！人生旅途，艰难困苦，风雨难料，这些，莫若一个个横亘的竹节，然竹拔节而上，直刺天穹，给人无尽的鼓舞。也许，这才是人生之路。我赶紧招呼大家停下来欣赏。孩子们似有所领悟，不再埋怨，下山的路变得轻松愉快。

一阵风吹来，沙沙的声响，带着一丝口哨似的清越，连续地从耳边向前流转，像离弦的箭，嗖嗖的，渐次减弱，余音袅袅了，却还有些隐约的空灵在继续。第一次听到这样的美妙，惊喜的心，难于言表。这是风的钦羡，还是竹的呢喃？风中的绿竹，自然随性，亦刚亦柔，别有一番气韵。我们追着余音，走向了竹林深处。绿意越来越浓，这蕴藉着无限生机的竹林，仿佛有种原动力，催促你前行。就这样被浸染着，兴奋着，我们加快了步伐。一行七人，友自诩为新竹林七贤，以竹为友，相与友善，一起于竹海之中超然物外。

小雨不知什么时候停了。

临近山脚，友惊呼起来，好像哥伦布发现了新大陆。

一泓碧波之上，缥缈云烟之中，万千的竹子幻化成一座蓬莱仙岛。浩瀚的绿色海浪，一浪赶着一浪，删繁就简，涌动着向天边而去，也顺带着，从我的心里掠过。那神韵，仿若穿过了宋词的婉约，越过了唐诗的瑰丽，直达诗经的脉络，恢宏博大，意境深远。我的心境出奇地充盈着美好和柔润，油然而起时光未央、岁月静好的祝愿。连着拍下数张照片，记录这非一般的美！

如果说竹海是一首诗，那么烟雨中的竹海无疑是这首诗的诗眼。有些人，有些事，有些风景，一旦入眼入心，即便刹那，也是永恒。

2018 年 7 月

放鹤亭感怀

一道美食，蕴藏生活智慧。一首词，传唱大江南北。一种人生态度，揭示生活的秘诀。一提到苏东坡，人们总会露出景仰的微笑。

千百年来，这样的微笑，在徐州人眼里还兼具一种自豪。苏轼一生坎坷，但在徐州任上还算顺利。从北宋熙宁十年（1077）四月，至北宋元丰二年（1079）三月，苏轼走遍了徐州的山山水水，其飘逸豪放的性格在山水间酣畅淋漓，放鹤亭是他最深情的地方。

放鹤亭，彩栋丹楹，雄峙于徐州云龙山巅，为古彭城三胜之一。

亭主张天骥，自幼受父母信奉道家哲学影响，无心仕途，喜"读书北窗竹，酿酒南园水"，在云龙山西麓黄茅岗，建草堂以修身心。1077年，草堂因大水被淹，次年张天骥迁居云龙山东麓，筑亭放鹤。

苏轼，北宋著名的文学家、思想家、书画家，一个有着有趣灵魂、豪放旷达的士大夫。因不满王安石变法，自请外放，1077年，从密州来到了徐州。

在云龙山，一介平民与一位士大夫有了交集。这一交集，碰撞出历史的华章，云龙山因此闻名于世。

云龙山山分九节，状似神龙。山花烂漫之时，苏轼初游云龙山，与张天骥一见如故。对道教共同的爱好，让他俩相谈甚欢，此后苏轼常去拜访。张山人亦"提壶劝酒"，惯作酒伴，苏轼屡屡大醉而归。

张山人养有二鹤，东方露白，即亭中放鹤，鹤翩然起舞，在山巅、云朵、水田间自由翱翔。日落，山人即招鹤而归。人鹤同乐。

苏轼每每于此，心情豪达，天地浩远，感受斐然，用如椽之笔，写下了文情并茂、千古流传的著名散文《放鹤亭记》。

"彭城之山冈岭四合，隐然如大环，独缺其西一面，而山人之亭适当其缺。春夏之交，草木际天；秋冬雪月，千里一色；风雨晦明之间，俯仰百变。"

开篇即气势纵横，摄人心魄。如此风景，非胸怀广博者如何能见？

《放鹤亭记》，以亭为记，其实重在记鹤，人如其鹤，志在其中。

"山人放鹤，且放而暮归，纵其所如，或立于陂田，或翔于云表。"悠游于自然的描述，很容易让人想到一个成语——"闲云野鹤"。这种清远自在、无牵无挂、神仙一般的生活，正是身居官场的苏轼所羡慕的。联系反对新法、遭受排挤、自请外放的写作背景，我们不难体会到苏轼此时的心情复杂又矛盾。在与世无争的思想后面，流露出作者不甘妥协的积极精神和傲然独立的旷达情怀。

不能在庙堂之上一展宏图，虽有遗憾，但苏轼活出了自我。在彭城，他勤政爱民，抗击洪水，寻煤冶铁，造福了徐州百姓。

1079 年，苏轼转赴湖州上任，徐州百姓从四面八方赶来送行。百姓挽住苏轼的马头，献花祝酒，依依惜别，甚至失声痛哭，令苏轼激动不已，挥泪写下了《江城子·别徐州》，感人肺腑！

天涯流落思无穷。

既相逢，却匆匆。

携手佳人，和泪折残红。

为问东风余几许？春纵在，与谁同？

隋堤三月水溶溶。

背归鸿，去吴中。

回首彭城，清泗与淮通。

欲寄相思千点泪，流不到，楚江东。

苏轼留给彭城人太多的记忆。

仲夏的一个清晨，我来到云龙山脚。但见高大威武的牌坊上，"云龙山"三个字饱满遒劲，像游龙盘踞在牌坊中央。一条山道蜿蜒向上，林木遮天。山中的凉爽，扑面而来。

因时间紧，我急于登临放鹤亭，步履匆匆，在一岔口停了下来。

一位晨练的老人，刚好走来，我问："放鹤亭怎么走？"老人家立即爽快地说："跟我走。"

走小路，抄近道，老人家边走边给我介绍苏轼，亲切地称苏轼为"我们的苏知州"。时间可冲淡一切，但苏轼没有渐行渐远，而是深深烙印在徐州人民心里。

一刻钟的山路，视野忽然开阔。不远处，浓荫环抱下，一块巨石上镌刻着红色的"壮观"二字，鲜艳夺目。我有些不解，这一处平坦的石丛，怎可谓壮观？倒是近处的饮鹤泉，锈锁旧链中挂满祈福的红丝带，值得寻味。

左手边，一条青石甬道的尽头，两边绿树如华盖，飘逸洒脱的"放鹤亭"三字，与古朴的飞檐、蔚蓝的天空，浑然一体，悠远深邃。极目远眺，周遭有起伏的山峦绵延不绝，不就是苏轼所说的千里一色嘛！我顿为刚刚的不解汗颜，眼前身后皆是大美，不是壮观又是什么？！

站在放鹤亭前，思绪翻飞。一个小小的建筑，900多年间，屡坍屡建，至今傲然屹立，为千古佳话佐证，与亘古美文唱和，引得多少人流连吟诵，生景仰之心，动豪迈之情，怀旷达之意。云龙山的厚重与大气就好像与生俱来，诠释了这座城市的美丽。

2019 年 9 月

山居日记

　　周末，几位老友相约去滁州琅琊山，我以为去看醉翁亭，离醉翁亭还有 16 千米时，引道的车拐进了一条没有路牌指示的山路，我心里陡然有些失落。

　　路越来越窄，两边半人高的蒿草嚓嚓地打着车身，当嚓嚓声戛然而止，山谷中一座农家院落跃现眼前。房前屋后，遍栽月季和木芙蓉，红红的花儿正竞相开放，明艳动人。

　　屋主人介绍这里叫窗户洼，是琅琊山深处的一个村落，散落着几户人家。怪不得一路只遇到一位老人，坐在路口，抽着旱烟，一副世外的模样。

　　窗户洼，比之醉翁亭，唉，我轻叹一声，独自沿着山路漫走。山风夹着鸟鸣，倒是消了暑热，莫名联想到年少时的炎夏，跟同学下田，船行卤汀河上，得来的阵阵清凉。高大的响叶杨沙沙作响，圆实的叶子茂密葱茏，落日余晖洒过来，流光溢彩，令人恍惚。

　　一只山鸡，扑扑飞腾起来，彩色的羽翼划过一道优美的弧线，悠然前行，根本不介意我这个看客。忽然，一阵轰隆隆的声响从身后传来，扭头时，一群山羊潮水般向前，顷刻间，羊群拉成了一溜白色的流云，向另一个山头而去，赶羊人转瞬没了踪影，一切复归安静。我惊异于山林的遇见，它们像一组欢快的音符，飘进心房，赶走了失落。

　　我采了一把小野花，穿过一片小竹林，暮色四起。主人怕我迷路，已寻了过来。

　　原来，他不是山里人，靠自己的拼搏，经历了"千山万水"，获得成功。他说买下这片山林，每个月来住几天，清空清空自己。

　　"清空清空自己？"

　　"是的。在林子里转转，发发呆，欲望会变少。山林像一本书，你随便翻翻就有收获。翻到草，草说荣枯乃平常事。翻到风，风说风过无痕。翻到树，树说年轮是时间的馈赠。翻到日出，日出说生命如我。翻到日落，日落说灵魂如我……所以在这儿，没有焦虑，尘世的纷繁很快化解在密林深处，人不由自主会安静下来。"

一席话像一首哲理诗，说得我豁然开朗，顿生敬意。山林是丰富的，山林又是安静的，天地有大美。我粗浅的感受，屋主人用深刻的语言把它提炼出来，更多了人生感悟。

想起周国平的一句话，人生最好的境界就是丰富的安静，彼时不甚理解，其时明白不少。于我而言，平平淡淡的人生，也有五味杂陈，心情尽可在俗世中起伏，但精神要有一个宁静的核心。

就着夜色，我们一帮人在院子里围桌而坐，刚从地里挖出的土豆烧了肉，拔出的苋菜煸了蒜头，山泉水煮了一锅粥，大家吃得有滋有味。主人兴起，舞起了刀剑，像模像样的动作，逗得大伙哈哈直笑。一时间，蛙声四起，山谷愈发沉静。

一夜好睡。

2017 年 8 月

游普陀山记

与普陀山一别多年，今年正月，我和朋友们踏上了这片故土。

普陀山，远离大陆，是东海上的一颗明珠，观世音菩萨的道场，素有海天佛国之称！

初春的普陀山，山体墨绿，黑松林唱着主角，藏在林间的那些小花，正打着羞涩的朵儿，吐着青翠，有的干脆露出娇妍的唇边，诱着你去亲近。洁净的空气，已融入新春第一抹鹅黄，在海风吹动下，小跑着，殷切地想滋润你的心田。我们一行人，脚步悠然，那些鹅黄也柔曼起来，轻轻的，顺带着路旁山野里淡淡的一丝幽香，从心里漫过。

女儿睁大眼睛，四处张望，寻着，忆着，曾经的点点滴滴；我们跟着笑着，似一起重温了往日时光。

在潮音洞，当一排排、一列列飞起的浪花跳跃着，奔跑着，涌动而来，势若飞龙，声若雷鸣，撞击在洞壁上，也撞击在我们心里。友们索性在洞旁的礁石上坐下，看海天一色，听潮音洗尘。

"对面的小岛，像不像一尊睡观音？"

"最前面是云鬟环绕的头，接着细长的脖子，隆起的胸，下面是腹部，最后是脚，神态安详，静卧在海波之上。"随着我的指引，大家惊奇不已。

"这是观音大士修炼得道的洛迦山。洛迦山，方圆不足一平方千米。观音得道后，为弘扬佛法，从洛迦山一跃而起，跳到普陀山来开辟道场说法度生，至今普陀山还留有菩萨的一个大脚印！那脚印就在前面一个景点——观音跳！"我一番讲述，听得友们一脸天真，小孩子似的，沉浸在神奇的传说之中。

"海上有仙山，山在虚无缥缈间"，借用来说普陀山是"人间第一清净地"再恰当不过。秦安期生、汉梅子真、晋葛稚川慧眼独具，都曾来山居洞修炼。916年，一个智慧的日本僧人慧锷，请观音像回国，途径潮音洞前的莲花洋，遇涛怒风飞，舟人惧甚，慧锷大惊，乃悟"观音不肯去"，遂建"不肯去观音院"，从此普陀山烟云缥缈，民国鼎盛时期庙宇林立。谚云："有宅皆寺，遇人即僧。"时间与故事，给普陀山蒙上了一层神秘色彩。

这样的色彩，经风历雨，到了今天，依然饱满柔和。从灵鹫峰下的普济寺，到光熙峰旁的法雨寺，再到白华顶上的慧济寺，我们一路徜徉，在宏大高远中，在古树苍翠下，在袅袅香火里，感受祥和宁静，感受清幽绝尘。

难得的是，在白华顶我们遇到了朝山的香客。他们合十，走三步，弯腰，下拜，五体投地，顶礼，起身，动作柔软徐缓，给人安定与谦卑之感。汗水浸透了衣背，他们从山下拜到山上，从旷野拜到殿堂，从远处拜到近处，从黑暗拜到了光明。站在路边，我们一直目送他们到寺院的拐角处，像看了一场微电影。有感：不管是发了大愿的，还是虔诚的修行者，他们的每一拜，就像丢下的一粒种子，在我们心里也开了花。一个人，或许需要一点儿信仰，在至善至美至真的路上前行。

一路海天之景，一路佛国之韵，组成了一幅美妙的画，露天大佛南海观音成了画的焦点。

蓝天白云下，33米高的南海观音，面朝大海，慧眼视众生，左手托法轮，右手施无畏印，似轻移莲步款款向我们走来，妙状、慈祥。梵音响起，一丝丝，一缕缕，空灵悠远，似天籁回旋。这视觉与听觉的盛宴，神圣美好，深深吸引了大家，如"千山一月，万户皆春"，我们静静礼拜。

一日两度潮，可听其自来自去。

千山万重石，莫笑它无觉无知。

很喜欢这副楹联。人因缘来而聚，又因缘去而散，常怀感恩之心，珍惜拥有，随缘、放下、自在。其时，停在楹柱上的一只白鸽，骤然飞起，飞向如洗的天空。

普陀山神奇、神秘、神圣，让人沉醉，又让人清明，像一位不可多得的良师益友。

2014 年 3 月

邓尉山探梅

喜欢码点字的我，一个冬天，如冬眠一般，没敲下一篇文章。春来了，似乎也没有改观，暮气沉沉的样子。

那日，被朋友拉去邓尉山香雪海看梅。

初春的日子，乍暖还寒，在闻梅馆观景台上看下去，没有传说中的梅花吐蕊势若雪海之感，加之料峭的风，我缩着脖子匆匆从山腰下来，有打道回府的念头。

忽然，一阵古筝曲，从远处传来，灵透、柔和、飘逸。我有些好奇，寻着隐约的琴声，意外见到了一幅如诗如画的场景。

山腰看着稀疏的梅花，眼前有几株开得极好，娇艳的花儿纷纷披披在枝头簇拥。

几位女子，身着白底红边的汉服，正在古筝上弹拨，神情优雅，古意盎然，圣洁祥和。那专注的神情，仿佛世界跟她们无关。

此情此景，如江河解冻，春水初生，汩汩牵出我满腹的情怀，忘了刚刚的失意，竟主动攀谈起来。

她们是一群志同道合的姐妹，和我同城，年长的已 60 岁，平均年龄 50岁。按理说人生的春天早已过去，我却从她们身上，明显感受到春天的勃勃生机。

她们崇尚传统文化，来邓尉山探梅，大包小包带上古筝和汉服，也不怕累赘，为的是一种兴致、一种执念。

带队的林姐说，平日里大家不得空，有的忙工作，有的忙家务，但定期会相约，穿上汉服一起练琴。

今天，她们借着探梅，让琴声在花影里徜徉，在天地间流转，觉得非常舒畅过瘾，既抒发了自己的心声，又像做成了一件大事，个个心花怒放，很有成就感。其实，生活不只是眼前的苟且，还有远方和诗。

一种融入其中的想法，从心底急遽升起。想象着自己也穿起了汉服，婀娜多姿，在盛开的梅树下抚琴，琴声悠扬，梅花簌簌而落，暗香浮动，那是多么欢欣鼓舞的一幕啊，不禁暗自偷笑。

于我而言，蹉跎了一冬，荒芜了一季，是继续蹉跎，还是向春天出发，全在自己的选择，这群探梅的女人给了我绝好的回答。

感念于这群探梅的女人，我欣欣然作了一首打油诗。

香雪海中玉人娇，

抚琴吹箫乐逍遥。

此处梅花不一般，

迎风凌寒犹自俏。

生活是条变色龙，只要我们坚持做自己喜欢的事情，充实自己，愉悦心灵，黑白的日子自然会变得缤纷而美好起来。

2017 年 5 月

走读苏州

十岁那年，我第一次出远门，随母亲去苏州看望外婆。半个月的小住，如今想来，着实领略了江南小桥流水的韵味。

外婆家住苏州葑门，屋前屋后都有河，堂屋开一北门通往后面的小河，河边绿树成荫，一条窄窄的石头路，随着坡度临到水边，家里的这个小码头让淘洗特别方便。我去的时候是夏天，蹦跳热了，来到小码头，手掬一捧水就往嘴里送，咕嘟喝下去，清凉润了热燥，再咕嘟咕嘟两下才舒口气，擦擦流出嘴边的水滴。晚上洗完澡，必在这里纳凉，听外婆讲她年轻时撑船卖草的故事，几多辛苦，弯弯曲曲的河流最知道。

一天早上，跟母亲去黄街买菜，回来时，我停在一座拱形的石桥边看热闹。桥边停着一条大木船，即将解缆启程。岸边的鞭炮声和一位老妇人的哭声混在一起，河边围了好多人，好像是女儿出嫁。

我赖着不肯走，母亲叮嘱几句，拎着菜篮子先走了。我兴兴地看那船越来越远，岸边的哭声越来越小，围观的人渐渐散去，才迈开腿往外婆家走。

走过一座桥，拐了弯。这一拐，我迷路了，走了很远的路，依然没走到外婆家。我一边走，一边哭了。记得从石板路走到了砂石路，不知道走过几座桥，经过几条河，越走越害怕，不敢再往前。

我沿着原路返回，又走到了上午哭嫁的拱桥。茫茫的水面，没有了大木船，更没有呼天抢地的哭声，而我却有了刻舟求剑似的心理，踏实很多。大概是自己哭得清醒了，我从这座桥继续往前走，原来我提早了一座桥拐弯，等我再走过一座类似的拱形石桥，外婆的家出现在视野，我急急地奔回去，其时已到下午。外婆和妈妈急得四处寻找，上了广播寻人。因了这纵横交错的桥、河，苏州给了我深刻的印象。

长大了，知道苏州园林甲天下，那时母亲没带我去，总觉着是份遗憾。

去年中秋，有机会和家人游了拙政园，终得弥补。

中国文人在心中都有一个属于自己的园子，陶渊明的桃花源最为"宏大悠远"。明朝官场失意还乡的御史王献臣，也有一个园子，取晋代潘岳《闲居赋》中"灌园鬻蔬，以供朝夕之膳……此亦拙者之为政也"意，名为"拙政园"。拙政园里的灌园鬻蔬，其实是王献臣心灵的耕种、人生的寄托。

随着人流，进入园内，在亭台楼榭、水池假山间徜徉，疏朗平淡，近乎自然风景的园林，每一处皆可吟诗，每一处皆可入画。难怪明文徵明依园中景物绘图三十一幅，各系以诗，尤以"绝怜人境无车马，信有山林在市城"耳熟能详。

拙政园以水为主，遍植荷花，荷叶田田，最能感受园主人孤傲的品格，唯美的闲情。"不到园林，怎知春色如许？"在拙政园，我感知的"春色"是鱼戏莲叶。肥美的锦鲤，轻摇燕尾，啄食而跃，激起水波阵阵。天光云影，柳枝荷叶，一起兴奋。风儿加快了步伐，游人不时丢一点儿食物，水面更加热闹。忙碌的鱼儿，游弋于云影、波光、荷叶间，赏心悦目，江南好啊！

如果说拙政园是一枚雕琢过的美玉，适宜欣赏，那与拙政园遥相呼应的平江路古街则像是一块璞玉，耐人寻味。

漫步古街，一座座白墙黑瓦的民居，沿河而立，错落有致，衬着青青垂柳，傍着蜿蜒的平江河，领着我们走读历史。一只画舫悠然而来，欸乃的桨声，和着船娘的小曲，一幅淡雅明快的水墨画立在眼前，把大把大把的宁静带进了心里。

一缕阳光斜插进悠长的小巷，每一扇雕花的窗棂里，吴侬软语像黄鹂鸣翠。华贵的旗袍，漂亮的油纸伞，精巧的竹编，翻开的书页，以及从临街窗口飘出的抑扬顿挫的弹词新篇，一切，都是那样的温暖从容，抒写着平江人鲜活有序的日子。也许就是这样的温暖从容，抵御着风风雨雨，沉淀着苏州不朽的文化。我似乎找到了，1229 年便存在的这条古街，保存如此完好的原因。

人生，寻寻觅觅，是不是要寻来这样的栖息地？！青石不语，小桥不言，岁月留下了一地静默，但从桥上走过的平江人，一脸的祥和，笃实的步履，已拓进了近 800 年的厚重。

微风吹过，夜色下的金鸡湖，灯火辉煌，高楼林立，一派都市风情。立足湖岸，我看到了这个古老城市的另一面。一个城市既保持着古朴的风貌，又在不断变化，传承与发展齐头并举，是多么的聪明睿智！

河水悠悠，正载着苏州人古老而现代的梦，向前流淌。

2014 年 2 月

溱湖看会船

曾经，在河汉纵横的水乡，船不仅仅是代步工具，解缆与靠岸间还见证了乡人从耕种到收获、从辛苦到快乐的全过程。

对女人而言，也许一辈子的幸福就跟某条船相连。对男人来说，撑一手好船是一种莫大的荣耀。而今机动船代替小木船，村村通公路，但人们对撑船的情感并没有走远，所以在苏中里下河一带，每年有多个地方举办会船节。

早在民国时期，乡贤陈二指就描绘过家乡会船的盛况：

团练会船架竹篙，一声锣响滚银涛。
各争胜负分前后，不亚金焦训水操。
绿杨堤畔霓裳按，青草湖边画舫排。
每到年年春三月，如云仕女看船来。

如今溱湖的会船最出名，所谓天下会船数溱潼，就是指溱湖的会船。

溱湖会船的历史，可追溯到 800 多年前的南宋。南宋时期岳飞的岳家军与金兵战于溱湖，当地百姓在清明节撑船祭奠阵亡的将士，久而久之，便形成一种水乡习俗。每年清明时节，上千船只、上万船民来溱湖聚会，场面壮观。

溱湖宽阔浩渺，湖中岛屿星罗棋布，碧水环绕，四通八达，清明节后的第二天，四乡八镇的船儿在此云集。今年，虽然我在会船节的尾声赶到溱湖，没能领略到声势浩大、百舸争流的恢宏气势，却也感受到了激情澎湃的况味。

那日，柳叶飘曳，十里溱湖阳光普照，远远看到几十条篙子船分成四个纵队，一批批鱼贯而行，像凯旋的队伍，接受两岸群众的检阅。密匝匝的船儿载着欢声笑语，铺满河面。河水喧腾了，一年中最具活力的时刻，该浪花飞舞！篙船兴奋了，蓄积一年的劲头，此刻尽情迸发。力与美在这里融合，团结与奋进在这里统一，人与自然在这里和谐。

镗！镗！两声清脆的锣响，一条篙子船，清一色的女子，穿红着绿，鲜艳夺目，把十八根竹篙迅捷插入水中，船即刻向前飘移，随着锣声的密集，竹篙一上一下地来回起落，小船像离弦的箭，载着溱湖女儿的自信向前奔涌。矫健的女篙手们，面露阳光般的笑容。长长的竹篙在她们手上把玩得娴熟自如，就像平时做得最拿手的农活。她们手臂有力的挥动与柔美的身姿，刚柔相济，美不胜收。

相邻的男篙手们，头扎黄巾，身穿黄绸褂，下着黄绸裤，气派十足。他们精神抖擞，喊着号子，齐整有序，扬篙时如长矛林立，入水时如蛟龙蹈海，率性张扬，尽显男儿本色。

两条船你追我赶，不分上下，在溱湖里舞出了阵阵春潮。

此时的比赛已带有一点儿表演色彩，他们不刻意追求速度，更在意着自娱；少了争锋，多了一份怡然的乐趣。

看着一张张淳朴的笑脸，一根根舞动的竹篙，我的心一直被感染着，跟着悦动。眼前这一幅幅鲜活的画卷，春意盎然，飞扬自信，生动着农人们的风采。我忽而觉得溱湖的会船已不仅仅是对船的眷念，更多的是农人们用会船来渲染自己幸福的生活，表达对未来美好的追求。会船如一只大笔，抒写了社会主义新农村的风貌。

一泓湖水，一条小船，一支竹篙，演绎了永远的溱湖。

2017 年 5 月

走进童话世界

　　带着一股兴奋、一种好奇，我走进了童话世界的九寨，天性里的一份童趣，在九寨美轮美奂的景致里，被淋漓尽致地激发出来。

　　踩在松软的林间小路，听沙沙的声响，看阳光透过参天的古木，洒下缕缕温暖，呼吸着天然氧吧里最清新的空气，原始森林的静幽，在心中荡起天高地远的辽阔。

　　一家三口悠悠往里走，心情之美溢于言表。对着林子，我用最大的气力喊了一声："喂……"希冀听到山林的回音，不成想，另一条栈道传来了一位男同胞的应和声。接着，又有几个大嗓门在传递，打破了森林的幽静。我们开怀畅笑。

　　自然之美打动人总是很直接，望着眼前宁静的长海，我又一次叫出了声："真美！"

　　那海子的水，盈盈铺展，深不见底，水面的颜色随阳光的出没而变幻莫测，一会儿墨蓝，一会儿宝蓝，一会儿湛蓝，引你好奇，让你想探究，而你，绝对是枉费心思！这水，连着莽莽森林，连着巍巍雪山，连着蓝天白云，所有的齐聚眼前，围拢你，簇拥你，你一下尊贵起来，就像童话世界里的王子或公主，山山水水都是你的臣民，你纵横其间，挥挥手，生出种种的惬意与满足。

　　五花海的绮丽，更纵容你浮想联翩。那些鹅黄、浅翠、墨绿、深蓝，随意铺成，倒映着青峰，一步一景，呈现的都是一幅幅斑斓又清雅的画卷。你一定会停下来，岁月静好，在这儿帮你回味。你欣喜又浪漫，满溢着生活的甜蜜，那年那月的美好又走进你的心里。沿着岸边，我尽力找寻它的秘密，无果。自然是伟大的，唯有顺其自然，不执拗，一切才是和谐而美丽的。我知道，这不是答案，却胜似答案。

水是九寨的灵魂，它的每一次波动，缔造的都是童话般的精彩。然而童话世界的精彩，不仅仅在于它的美好可爱，更在于它闪耀着生命的真谛，那就是九寨的瀑布。众多的瀑布中，珍珠滩瀑布尤让人震撼。大珠小珠落玉盘是前奏，哗啦啦，大珠小珠倾盆而倒是序曲，大珠小珠团成白如雪的飞练，轰轰如雷鸣，那才是高潮。在最激越的地方，所有人都被征服了。奔涌而来的水帘，浩浩汤汤，所向披靡，狂奔急泻汇入涧底，卷起千堆雪，又喧腾而去，一种宏大的向上的力量激荡在身体的角角落落！呆呆的，呆呆的，对着这样的激荡，眼角有了雨意，和这飞花碎玉交融。这浩荡来自哪里，又将何去？请你放慢脚步，带上我一起奔向远方……

如雨的水汽飘打在脸上，冷冷的，并没有影响人们的情绪，人们兴头十足和这风景同在，九寨真是上天的恩赐。

祖国山川秀美，大蕴其情。走在童话的世界，生诸多的欢喜，面对尘世，我们亦可用童话的心来童话我们的生活。

2012 年 8 月

玉龙雪山

天公不作美，雨丝纷落。灰蒙蒙的天空，笼罩着灰蒙蒙的山峰，玉龙雪山藏匿了瑰丽的英姿。一些缥缈的云，若隐若现，好似心中不时生出的遗憾！从4056米处，仰望山巅，经幡飘动，好像向我们招手。无限风光在险峰吧，撑着雨伞，沿着弯弯长长的栈道，我和丫头开始了攀登。

夏日本炎炎，而此刻雪山腹地的我们，身着羽绒服，依然感觉寒冷。一小片冰川映入眼帘，棱角分明，沟壑丛生，像九寨冬日的冰瀑布，凝聚着千军万马的雄浑。造物的神奇，总喜欢捕捉人们好奇的眼神，我举目四望，每一眼，都觉得无比新鲜。

随着海拔的上升，很多人因高原反应停下了脚步，我和丫头相视一笑，继续前进。在光秃秃的山岩上，竟发现了几朵盛开的粉色小花，为冷峻磅礴的大山增添了几许温柔。一刚一柔，让雪山更加清丽挺拔。

4680米近在咫尺，脚步却开始迟重起来，高原反应最终来袭，举步维艰。

玉龙雪山是纳西族人的神山，纳西族民间流传着一个神奇的故事。

玉龙和哈巴原是一对孪生兄弟，他们相依为命，在金沙江淘金度日。一天，突然从北方来了一个凶恶的魔王，霸占金沙江，不准人们淘金。玉龙、哈巴兄弟俩大怒，挥动宝剑与魔王拼杀。哈巴弟弟力气不支，不幸被恶魔砍断了头，玉龙哥哥则与魔王大战三天三夜，一连砍坏了13把宝剑，终于把魔王赶走。从此，哈巴弟弟变成了无头的哈巴雪山，玉龙哥哥为了防止恶魔再次侵扰，日夜高举着13把宝剑，后来也变成了13座雪峰。玉龙雪山常被当作纳西族的外在象征，而传说中的玉龙英雄则成为纳西人内在的精神象征。

想着导游讲述的这则故事，心里平添一份勇气。极目雪山，雪山也静静地看着我们，伟岸的身躯上，那一朵朵不畏严寒的小花，在眼前越发美丽！

我们稍事休息，一步一个坚持，用 30 分钟爬完了 50 米的路程，登临山巅。

大片冰川，纷呈眼前，像洁白的哈达。不远处，积雪覆盖的山峰，颔首微笑，簇拥而来，我们俨然走进了圣洁的世界、英雄的世界，内心一片欢欣。

看雪山巍峨，看天地浩渺，一切皆在脚下安眠，心中倍感自豪。

2014 年 8 月

香格里拉

　　雪域高原的纯粹，携着一份神奇，随风潜入这一片广袤的大地，香格里拉的角角落落因之披上了迷人的色彩。

　　纯粹是一种极致的美，美到骨子里的那种，亦如眼前一望无际的草甸。那些粉的、白的、黄的、紫的花儿，星星般娇俏，吐露盎然生机，直扑眼帘，涌入心间，挑起人内心的某种渴望。我终于把自己贴到天地间，与花草相拥，在悄无声息的静谧中，听自己的心跳。正如朱自清所说："这一片天地好像是我的，我也像超出了平常的自己，到了另一个世界里。"

　　一切一目了然，无遮无掩，本真的回归，牵引我一边走，一边读着"陶渊明"。心是自由的风，想吹哪儿就吹哪儿，想捉弄谁就逮着谁，顽皮十足。躲在羊群后偷乐，抑或策马而去，留下笑声一串。草原给了人纯粹，人给了自己纯粹。我浮想联翩，做一个纯粹的人，其实就是做一个简单的人、直白的人，过着清澈的生活，诗意翩然而来。

　　当下，忙是人的主旋律。古希腊哲学家苏格拉底说过："当我们为奢侈的生活而疲于奔波时，幸福的生活已经离我们越来越远。"诗意荡然无存，疏离的感觉，让人恐慌，底子里又有着一份期盼。让自然来抚慰心灵，让内心和谐，是产生诗意最便捷的方法，香格里拉完全能胜任这样的重任。

　　当我凝望着浩渺的高原湖泊，高天的流云投射下来，欣然为墨，倒映的松柏，宛如神笔，在盈盈碧波上，挥毫泼墨。一撇轻轻而来，一捺悠悠而去，一横缓缓收尾，一竖慢慢垂下，方块字的沉稳，探进心房。倏忽间，仿佛重拾人生的宁静，其余皆沉于眼前无垠的波光里。放下了，人就轻松了。人的选择贵在一念之间、取舍之间。

　　香格里拉，每一处都像金子一样纯粹。纯粹是她独特的魅力，亦赋予藏民天生的浪漫与热情。从扎西嘹亮的歌声中，我听到了生活的甜蜜，从卓玛优美的舞姿里，我看到了生活的美好。香甜的青稞酒抒发着浪漫，醇厚的酥油茶传递着热情，喝一口青稞酒，跳一跳锅庄，这里成了欢乐的海洋。这欢乐，调动底子里的激情，跟着节拍，我也舞了起来……这场景，再一次把纯粹演绎得盛大，演绎得无与伦比。

一圈又一圈，丫头害羞的脸变得陶醉，我跟着的舞步变得自然流畅，所有人沉浸其中。这沉浸，颠覆了我从前对藏民的错误认识，他们才是懂生活、会生活的人。

"香格里拉"一词，一直作为"净王"的最高境界，是隐藏在青藏高原深处风景绝佳的一处村落，想必"纯粹"就是香格里拉最通俗的注解。千里之外，迢迢而来，应该带一份纯粹回来，调息自己，让岁月静好。

2014 年 8 月

丽江古街

总有一些地方令人难忘。

初夏的一天，傍晚时分，我漫步在丽江悠长的古街上。

古街，从大宋王朝一路经历各个朝代的洗礼，保存完好。铺着五花石的路面，据说雨季不泥泞，旱季不飞灰。黑、红、白、粉、紫五色胶结，绚烂又雅致，让我想起九寨的五花海。两边的雕花楼，已亮起红灯笼，重重飞檐，像展翅的飞鸟，停歇在幽蓝的天空下，隔空相晤，梦幻一般。不同口音的人，衣着鲜艳，或驻足在沿街店铺，或和我一样漫步，脸上都笼上了一层淡淡的晚霞似的红。

五花石，隔开了车水马龙。雕花楼，穿越了时空。隐约停留在倒流的光阴里，信马由缰，一种恬淡从容，俯拾皆是。

摩梭女，巧手来回，如蝶翩跹，低眉在机杼上麻利地忙碌，偶尔抬一下头，微笑着回答问询者的问题。隔壁的东巴风铃，铃声清脆，大有风不止而铃不息之意。抬头，窗格旁，一神情专注的男子，正轻弹吉他，一曲《丽江古城》，舒缓的音乐，民谣式的演唱，演绎出一个纯净质朴的国度。刚出炉的鲜花饼，我急不可耐地咬一口，酥软入齿，花香绕颊。

这样的时候，很容易想起朱自清先生的话："我爱热闹，也爱冷静；爱群居，也爱独处。"处在人群之中，觉得热闹，但分明又有一种自在拢在身边，独享其乐。迤逦的丽江古街，把热闹与冷静、群居与独处完美地糅合在一起，散发着独特的韵味。

心的通透，不是因为没有杂念，而是在于明白取舍。艳遇丽江，人们传得沸沸扬扬的话题，在我看来，一千个人有一千个人的理解。我感受最深的，是艳遇自己。钻进一家店铺，纳西姑娘美丽的头饰琳琅满目，令人怦然心动。看看这个，摸摸那个，爱不释手。戴戴这串，试试那串，在斑斓的背景下，顾盼生姿，留下不同的倩影，心中升腾起无限的欢喜，似乎回到年少的自己。年少究竟有多好，说不清楚，但这一刻的随性、张扬，无拘无束，特别受用。

丽江最热闹的四方街，是古城的中心。古城不设城墙，由四方街向四面八方放射出去。这座没有城墙的古城，是因为丽江世袭统治者姓木，不喜筑城加框而成"困"字之故，这一来反而促成了古城开放的个性，终成繁华的集散地。

我在四方街转悠半天，差点找不着回去的路，沿街都是漂亮的两层门楼，临河依水而建。街边林立的都是原创手工品商店。众多的风味美食，催生着游客的味蕾，四处弥漫着同一种氛围——乐活。如此热闹的四方街，不亚于张择端的长卷《清明上河图》。

风从柳叶间吹来，深邃的天空慢慢扬起长长的睫毛，天地一片澄明，三角梅怒放的庭院，静悄悄，一米阳光洒在绿竹上，竹影婆娑。

站在楼上远眺，寻常巷陌，纵横曲折，心在青砖黛瓦间流连。一只鸟儿轻啼，唤起古街又一个喧嚣与宁静的日子。

在丽江，浮光掠影，行色匆匆，但心中留有的一份美好，虽别离却常驻。

2014 年 8 月

峨眉山灵猴

　　不止一次，遐想着在峨眉山赏浩瀚的云海，沐神奇的佛光，而当我身处峨眉山时，斜风细雨相伴，不胜遗憾。在峨眉山最高峰金顶，唯有十方四面的普贤菩萨，手执如意棒，在白雾中隐现，似对我微笑。笑我贪吗？仰望着高大庄严的菩萨，一股宁静的力量慢慢渗进心里，竟也渐渐平和起来，我饶有兴味地在金殿逗留，感受梵音的悠扬。

　　这股宁静是峨眉山灵猴与人同乐的原因吗？

　　曾被张家界的猴子吓到过。那次，我们一行人走在金鞭溪美丽的景色里，藏在树上的一只猴子，冷不丁跳下来，拦住去路，虎视眈眈，我们突然呆住了。猴子随即蹿上来，拽着同伴的油纸袋就想跑，同伴有点不甘心，里面装着好多吃的，拉锯式不放。蓦然，又跳来五六只猴子，唬着，似要围攻，吓得同伴赶紧撒手，我的心也咚咚直跳。抢到手后，猴们一溜烟跑了。

　　还有一次见识了黄山猴谷的猴子，更厉害。驯养员在眼前，还跟我们凶，吼吼地要过来袭击，气得驯养员拿起石块就砸过去。两次经历，让我对峨眉山的猴心怀忐忑。

　　猴来了！前面有人惊叫起来，我有点紧张，脚步慢下来。然猴与猴不同，峨眉山灵猴三三两两散在路边，憨态可掬。它们或蹲在栏杆上，双手抚在胸前，闲适地望着路人发呆；或一屁股坐在地上，笨拙地剥着花生；有的拿着矿泉水，不知如何打开瓶盖而抓耳挠腮。一只猴子似金鸡独立，在石桩上认真地啃玉米。

　　一位年轻的女孩，干脆把剥好的鸡蛋放在手心，伸出去邀请。一只小猴很机灵，快速跳了上来。另一只小猴更敏捷，竟从女孩的头上跃过到她手心。女孩一脸囧态，嘴角却带着笑意，任由它们分吃，大家争相拍下人猴同乐的画卷。

难得的是，我们下了山，上了车，车开动前，隔着窗户，我忽然发现了灵猴，有的跳到路口商亭上张望，有的挂在枝头搭凉棚，有的径直往车门边走。来给我们送行吗？我惊喜地喊丫头看，一车的人也都往这边看，个个脸上有着重逢的喜悦，似乎短暂的互动已融入了一份真情。真想和它们再玩一次，可车已启动。

写到这里，我觉得已没有必要去探究灵猴与人同乐的原因，重要的是在峨眉山我们确实遇到了可爱、欢乐的一群！相遇是缘，偶然与必然共存，亦如我们的人生，会遇种种的人，记住彼此愉悦的那种，感念真情的可贵，来润泽平淡的生活。

2012 年 8 月

相遇大足石刻

盛夏的一次出行，听重庆友人的安排，我们来到了与云冈、莫高窟齐名的大足石刻。

大足石刻以佛教题材为主，自 892 年开始造像，至 1162 年完成，历时 270 年，是著名的艺术瑰宝。

相遇大足石刻，就像是相遇了一方心灵的清潭。

最先拨动心弦的是岩面上的一组长达 27 米的"牧牛图"，刀法豪放，人景交融，意趣盎然。在山径崎岖、林泉幽静处，顽劣的牛，试图挣脱缰绳，而十牧人或将鞭驯牛，牵牛绕行；或并肩耳语，横笛独奏；或袒胸露怀，跪地而息。随着犟牛慢慢被驯服，悠闲地自舔其蹄，牧人也扔掉缰绳酣然入睡，任凭倒挂树上的小猴扯他的衣襟，浑然不觉。牛寓修行者桀骜的心，牧人寓修行者，牧牛的过程即是修行者调伏心意、悟禅入门的过程。

之前听说过风吹幡动的故事，六祖慧能的一句"不是风动，也非幡动，而是心之动也"，彼时愚笨，大感不解，觉着没有风，幡肯定动不来，风吹幡动，自然常理，哪有那般的玄妙？！其实，人心在未经调伏之前，就跟未经驯服的牛一样桀骜不羁，很容易随外界的干扰而波动。这组"牧牛图"生动形象，浅显易懂，说明心是人的主宰，心澄才明。

圆觉洞深广幽邃，神秘祥和。洞壁上依势雕刻着文殊、普贤等十二位圆觉菩萨，他们在修行过程中遇到了疑难问题，正跪拜于佛前问法。整个龛内的造像，大都镂空雕刻，形象逼真，个个慈眉舒展，目光柔和亲切，以薄衫裹身，衣裙如行云流水，风姿飘逸。最是佛的浅浅一笑，仿佛洞察了一切，传递着无限的智慧和安宁，感染着每一个观临的人，我们不禁双手合十，深深膜拜。

时光流年，最易斑驳人的心。走着走着，人的贪念会不经意间改变我们，让心变成一个游离的焦点，有时会模糊了人生的方向，所以人人需要扪心"问法"，来回归初心。

原本冷冰冰的石头，雕刻家们用他们独特的语言、流畅的线条，赋予了生命般的鲜活。行走在这方琉璃世界，不见庙宇殿堂，不闻梵语经声，不遇高僧大德，却处处感知着佛教带给人的心灵力量。

眼前，一转轮王横眉怒目，紧咬轮盘，让人生畏，原来是巨幅六道图。六道石刻图文并茂，晓之以理，动之以情，威之以祸，诱之以福，让人一目了然，很受教育。人之初，性本善，本应人人行善，只是世间万象扑朔迷离，容易蒙住人的眼眸，最终蒙蔽了心性，所以未必人人行善，好在回头是岸。尘世里的快乐，只有来自心安的快乐，才是真正的快乐。

夕阳洒下余晖，给大足石刻中最为宏伟的一尊造像抹上了瑰丽，佛祖释迦牟尼慧眼微闭，安详而卧，弟子们从平地涌出，躬身肃立，正在聆听老师最后的一次说法。我也好似站在了那些弟子中间，听清清梵音，如临潭心，身心俱净，欢喜明达。

大足石刻被誉为最美文化遗产，雕刻家们以苍天为室，以大地为纸，绘制出巨幅历史画卷，栩栩如生地慧悟着今天的人们，无论社会怎样动荡变迁，保有一颗向善的心，才能追求到美好的生活。

2012 年 8 月

乐山大佛

对于久住平原的我来说，山那边的风景，天生有种吸引力。原先游历的山以自然风光为主，凌云山不同，秀美的风光中，坐拥着世界第一大摩崖石刻——乐山大佛！

乐山大佛始建于 713 年的唐朝，是当时高僧海通法师为减杀水势，普度众生而修建。大佛头与山齐，足踏大江，神势肃穆，依山凿成，被近代诗人誉为"山是一尊佛，佛是一座山"，山佛同体，巍峨气魄。

雨后的凌云山，一片葱茏清朗，栖霞峰上摩肩接踵，怀着崇敬的心情，我瞻仰了乐山大佛。

大佛通高 71 米，头高 14.7 米，头宽 10 米，耳长 6.7 米，鼻和眉长 5.6 米，嘴巴和眼长 3.3 米，颈高 3 米，肩宽 24 米，手指长 8.3 米，从膝盖到脚背 28 米，脚背宽 9 米，脚面可围坐百人以上。这些惊人的数字，每一个都像是重音号，弹奏着大佛的雄浑。

沿着凌云栈道，先入眼帘的是大佛的头部，据说有螺髻 1051 个，以石块逐个嵌就，看上去却与头发浑然一体，精妙绝伦。

"泉从古佛髻中流！"清代诗人王士禛的诗句，盛赞了乐山大佛的一大神奇。为了保护大佛的颜面不受风雨的侵蚀，聪明智慧的工匠们在大佛的两耳和头颅后面，巧妙设计了一套隐而不见的排水系统。

500 米弯陡的栈道，从佛头慢慢打量到佛脚，一路惊叹而下。到达大佛底部时，很多人争着摸佛巨脚，讨个好彩头。临时抱佛脚，也许利在一时，大佛历千年风雨，耸立于岷江、青衣江、大渡河三江交汇处，阅尽人间沧桑，昭示的该是一种更深层的意义。

时间回到 1300 年前的嘉州（今乐山），年轻的海通法师在凌云山结庐修行，多次目睹舟毁人亡的惨剧，遂发愿修建大佛，以镇巨涛。法师四处化斋，奔波数年，终筹得款项，准备开凿那日，地方官吏却趁机刁难，要收取建造和保护费。海通法师十分气愤，斩钉截铁地说："你们可以拿走我的眼珠，但不能拿走佛财！"大师拿出尖刀，自剜其目，用盘接住，捧到官吏面前。地方官吏吓得魂飞魄散，仓皇而逃。

法师舍己献身的行为奠定了大佛成功的第一步。他践行着自己的宏愿，带领能工巧匠们夜以继日，在一锹一斧、一錾一锤的当当声中创造着奇迹。大佛经过几代人近百年的努力与坚守，才最终落成。故事令人动容，也让人感知践行的重要。

抬头，仰视大佛，佛双手抚膝，正襟危坐，神圣而庄严。我双手合十，深深致敬！不仅仅是向佛致敬，更多的是致敬海通法师，致敬那些为大佛付出艰辛的人们。

普通如我者，生活中多的是柴米油盐，除了这些，是否还可以有些别的内容？！过去的岁月，辜负了许多好时光，混沌中幸好遇见乐山大佛，在剩下的岁月，应该努力做些什么，成为心中的自己。等到有一天，或许可以拿出来晒一晒。

2012 年 8 月

溧阳行

偶然的机会，我置身溧阳，感受了溧阳独特的魅力。

溧阳南山，海拔不高，不是巍峨的那种，但满山遍野都是高大的毛竹，密密地在眼前展开，穿行其间，那份舒凉，恍若来到了清凉世界。我在竹林里一路奔跑，把同行人甩在身后，独自拥抱山林，就像循着时光的河流向上游前进，两岸花香扑鼻，心情无限美好。

登南山高处，风景更胜。竹浪翻滚，气象万千，心无挂碍，通体舒畅。

苏轼的"宁可食无肉，不可居无竹"，超凡脱俗，格调高雅。只是围竹而居，今人很难达到，但以竹为友，以竹修身，心境古为今用更为重要，这便是南山竹海对我最好的馈赠。

溧阳御水温泉，是全国十大温泉之一。单"御水"二字，就令人神往。

温泉依山傍水，错落在万亩竹海之中，景色优美。泡温泉是一种极大的享受，是人与自然亲切的交流。在一池流动的水里，身后是翠竹屏障，安神闭目，自然的神韵在体内传送，沿着经脉，疏导全身，热流氤氲了你，不长时间，鼻尖、额头会渗出细细的汗珠，开始清洗你的风尘与疲惫，清爽之畅，须臾可得。

泡好温泉，我们驱车前往天目湖酒店。

一直记得，小时候，爷爷常说的一句话："这小嘴真厉害！"夸奖我吃鱼从来不会被鱼刺卡着。

我从小喜欢吃鱼，而且喜欢吃鱼头，在娘家和婆家，鱼头都是我的专属。鱼脑是鱼头里最诱人的一部分，吸到嘴里，那份香滑绵柔，是不可多得的美味。

溧阳天目湖，原来叫沙河水库，湖水清澈，湖中盛长鳙鱼（俗称鲢胖头）。沙河鳙鱼体大壮实，肉质细腻。以前水库职工常用来给客人作下酒菜。

因鱼儿太大，一顿吃不完，常将肉不多的鱼头斩下扔掉。水库老书记觉得可惜，就将鱼头捡回来，放在锅里煮汤喝，反复摸索，煨出的鱼头，味儿越来越鲜美。从此，就有了沙河煨鱼头这道菜。1975 年，从部队转业来到水库食堂当炊事员的朱顺才，进一步研究总结，制作出了一道闻名中外的美味佳肴——砂锅煨鱼头，引得八方来客交口称赞。

对于喜欢吃鱼头的我来说，这是莫大的诱惑。自然，我们也是冲着朱顺才师傅的鱼头而去。当赶到天目湖酒店时被告知售罄，立马沮丧，好在服务员介绍了一家连锁店，就在对门，一个个才有了笑脸。

进入店堂，就看到一字儿排开的砂锅，气势不凡。留着肚子，终于，鱼头上来了，因为朋友的孩子在，我建议小朋友吃鱼脑，克制了自己的私欲，盛了一碗汤，细细品尝。鲜浓的汤汁没有辜负我的期望，入口便粘上了味蕾，四下里绵延，像从花丛中过，又像在溪水里游，芳香满脸，滋味全身。乳汁一样的鱼汤，悦动了胃肠，人立刻红润精神起来。民间一首打油诗最有趣："小孩喝了鱼头汤，头脑灵光光；女士喝了鱼头汤，皮肤白又靓；先生喝了鱼头汤，思路更宽广。"

每一个到溧阳旅游的人，砂锅鱼头自不会少，大街小巷酒店排档都是鱼头招牌，无鱼头不成宴，当地已把它作为一种旅游文化来推广，不仅给溧阳带来了经济效益，而且形成了一道靓丽的风景、一张城市名片。

先生战友是溧阳人，他笑着跟我说："其实溧阳最厚重的魅力，是孟郊。"

孟郊一生坎坷，仕途不顺。唐贞元七年（791），40 岁的孟郊在母亲裴氏的鼓励下，参加乡贡考试，三次赴考，46 岁始中进士。他踌躇满志，写出了春风得意马蹄疾的名句，然而苦等 4 年之后，50 岁的孟郊才被吏部选为溧阳县尉。进士及第与九品小官的不相称，让孟郊难以接受，又写下"青云不我与，白首方选书"，后在韩愈的劝说下才走马上任。

孟郊在溧阳任职五年，虽然政治上不得志，却爱上了溧阳的山山水水。据《溧阳县志》记载，孟郊常去城外唐兴寺观赏蔷薇花，或去城东南的晋时平陵古城旧址逗留，吟诗唱歌到夕阳西下方回，甚至到了"荒废政务、不务正业"的程度。县令大为不满，将其所为告到上级，并聘人代理孟郊的公务，分去他的一半年俸。孟郊一气之下，辞职赋闲在家。

此时孟郊已把母亲接到溧阳，赋闲的日子唯有饮酒吟诗打发时间。宦途的失意，世态的炎凉，穷愁的困扰，孟郊愈觉亲情之可贵、母爱之伟大，一辈子恐也报答不尽老人家的恩情。在矛盾、复杂的心情中，孟郊写下了脍炙人口的《游子吟》，抒尽人间母子情，为我国文学艺术宝库增添了一份经典之作。

> 慈母手中线，游子身上衣。
> 临行密密缝，意恐迟迟归。
> 谁言寸草心，报得三春晖。

苏东坡称赞他："诗从肺腑出，出辄动肺腑。"

溧阳人民为了纪念孟郊，从宋代起就建祠、供像、刻碑、置亭，如今溧阳市委、市政府在多处建起《游子吟》大型浮雕、《慈母春晖》汉白玉圆形大柱，来表达对孟郊的景仰和怀念之情。《游子吟》成就了孟郊，孟郊成就了溧阳。

溧阳行遇到了我人生中的四个第一，分别是第一次赏竹海，第一次泡温泉，第一次吃天目湖鱼头，第一次听闻《游子吟》在溧阳诞生，溧阳之与众不同尽在其中！

2013 年 8 月

第三辑　闲聊泰州

稻河两岸，小桥、流水、人家，五里繁华，曾经绘就了一幅瑰丽的画卷，令无数泰州人追忆它的芳华。

张沪生稻河行

民国晚期的一个春天，泰州城桃红柳绿，春意正稠。

张沪生，上海张氏粮行的少当家，风尘仆仆，从上海赶到泰州时，红彤彤的夕阳正坠枝头。

听从父亲的交代，他在稻河边找了一家客栈住下，洗了把脸，换了件长衫，便悠出了门。

原本和父亲一起公干，赶巧粮行商会换届选举，作为商会理事的父亲抽不开身，采购粮食的任务便落到张沪生一人身上。

张沪生领命后，既怯又喜。怯的是第一次独当一面，怕出错。喜的是一个人逍遥自在，没了父亲的管束，世界这么大，正好看一看。

漫步在清化桥上，一湾碧水，蜿蜒淙淙。

挨挨挤挤，一字儿排开的木船，像蹦跶了一天的孩童，安静地泊在稻河的臂弯里。

两岸人家，黛瓦粉墙的吊脚楼，鳞次栉比，像展翅的飞燕，掩映在绿柳桃红之中，灵动成一幅水墨丹青，透着质朴，流溢着洒脱。

张沪生恍若来到了江南小镇！见惯上海滩的十里洋场灯红酒绿，眼前之景，犹如春风拂面，清新宜人。

张沪生兴致十足，汇入桥下的熙来攘往。

香干、臭干、顾家大茶干，没得几块啦！要买的赶快！随着小摊主人敞亮的叫喊，张沪生突然饥肠辘辘起来。他瞟了一眼酥黄冒香的臭干，好想大快朵颐。

周边棉花糕、虾糍、油端子、凉粉、蜜酒酿、大炉烧饼，各种小吃一并杀进了张沪生的眼帘，虽自谑为吃货，可也得顾及形象，不能当街饕餮。张沪生只能一一送去不舍的目光，拐进了一家酒楼。

老板笑意盈盈，张沪生点了韭菜炒螺蛳头、醉青虾、春笋烧肉、蚬子咸菜汤，一杯泰州有名的雪醅酒。喝一口酒，搭一口菜，滋味尽在舌间。

转眼一杯下肚，意犹未尽，张沪生又叫了一杯，这顿饭吃得齿颊留香，心意盎然。当他走出酒楼时，沿河店铺已亮起红灯笼。

张沪生在选择去"饮香书场"还是去"水包皮"（洗澡）之间犹豫了片刻，最终去了孙家桥口的雅沂澡堂。

袅袅升腾的水汽，跑堂一个接一个抛来的热毛巾，捏脚师父力度适中的指法，着实舒解了张沪生一天的疲劳。

夜风习习，吹得身心俱爽。回望稻河两岸，灯影重重，人头攒动，张沪生一时竟吟出了："春正好，诗酒要趁年华。"

稻河，其实远非这些市井，宏大的粮食交易才是它的风情所在。所以第二天，张沪生起了个大早，来到稻河头。

薄雾笼罩的稻河已忙碌起来，川流不息的粮船，像从天边而来，浩浩汤汤。嗨哟嗨哟的劳工号子此起彼伏，响彻耳边。两岸囤积的露天粮仓一座连着一座，像绵延的山峦，高耸入云。斛手们"量升斛斗"忙得汗流浃背，头都没时间抬一下。

稻河两岸，五里长街，有八座桥相连。如果说民国早期盐运的衰退让稻河稍减了风韵，而海陵红粟的盛产，所谓"七邑之粮一水买卖"，又让稻河繁华再现。从板桥到通仓桥，粮行有六百多家，占小城商号的四分之一。每天粮食成交量达一万石之多，是左右江南江北粮食行情的带头大哥。

世界这么大，真该来看看。领略了稻河的壮观，张沪生才匆匆赶往广胜居。

广胜居原是稻河边的一家茶社，因为买卖双方都喜欢来这儿吃早茶，渐渐演变成了粮食交易所，称作陆陈公所。赵瑜《海陵竹枝词》诗云："米粮涨落通城事，一碗清茶广胜居。"

此刻，广胜居里人声鼎沸，张沪生受到了热情的接待。他一边听买办介绍，一边详看粮食样包。打开其中一份，倒进小木手磨里，转动，不一会儿，壳和米分了家。一粒粒大米，整齐饱满，张沪生不动声色，满意在心。

他拍拍手，坐到卖家大德粮行对面。一碗明前茶，正飘着清香。

"大米还可以，就是有点参差不齐，末完一石太贵，田心差不多。"

卖家瞪大眼睛，捂嘴想笑。

张沪生立即意识到自己说反了，赶紧拱手作揖。

"惭愧惭愧，初来乍到，多多包涵！田心一石太贵，末完差不多。我进四百石大米，量不少呢，你考虑考虑。"

"末完的话，成本还收不回来，这样吧，大家都让点，末完加人开一石，如何？"

张沪生不再还价，点头应允，大米品相极好，是自己吹毛求疵了。

双方签下合同，握手，继续品茗。

稻河粮食交易别开生面，议价时用"暗舌子"，数字一到十，以"旦底、抽工、眠川、杀酉、缺丑、断大、毛根、人开、末完、田心"来代替，拗口又别扭。张沪生是大姑娘上轿头一回，很不习惯，极易出错，好在立马更正，不然非贻笑大方不可。

回想白天的一幕，沪生兀自发笑，脑洞大开。把一宗生意以隐秘的、近乎哑语的方式进行，多了几许幽趣。大庭广众之下，"暗舌子"来"暗舌子"去，如密码电报，外人听不懂，又给交易带来了安全性与保密性。

张沪生感慨，"暗舌子"像一个注脚，透露着泰州人性格里的诙谐、机警，低调不张扬。

返程时，大德粮行的当家特意在富春酒楼请张沪生吃早茶，"皮包水"的丰盛，连同这两天的感受，张沪生一不小心爱上了稻河，爱上了这座小城。

2018 年 5 月

凤城古桥

这是一座古老的小城，形如凤凰展翅，栖息在苏中广袤的大地。

这又是一座水韵的小城，举目之间总有盈盈碧波，行走之中，总会穿桥而过。

倚桥临水人家住，凤城泰州，双水绕城，如诗如画。水因桥而丰盈，桥因水而豪迈，古桥便是撑起那一方豪迈的基石。

南门高桥，建于明正统三年（1438），横跨老通扬运河。因桥高、陡峭而得名，成为凤城美丽的凤头。凤头的美丽，源于一个传奇故事。

泰州才子储罐（1457—1513）自幼聪颖，官至三品，名冠天下。一位高姓富商，自恃才高八斗并不服气，有一年从云南购置彩石，船过泰州时，恰巧储罐告假在家。

他差人请来储罐，对着他的彩石船，摇头晃脑地吟出"船轻石重轻载重"，夸下海口，倘若对得妙，就将彩石全部奉送，然后晃着二郎腿，在一边喝茶。

储罐瞧富商那小样，暗自发笑，踱了两步，对道："尺短布长短量长！"

话音刚落，富商的二郎腿停在半空，一口茶呛了进去，心中懊恼不已。

储罐曰："彩石于我无一用，但有言在先，这样吧，我不刁难你，只留下两船为泰州做贡献，造座桥，以你的姓，取名高桥如何？"

富商一听，虽心疼花大价钱买来的彩石，但要赖不妥，终究还能留个名，立即"慷慨"应允。从此南门有了一座高桥，故事像点击量"10万+"的爆文，传遍大江南北，高桥成了小城一景，储罐成了泰州人的代表。

一湾稻河水淙淙，雄踞稻河之上的八座古桥，旖旎巍峨，孙家桥是唯一幸存下来的一座。

漫步孙家桥，平稳宽阔的麻石台阶，古拙依旧。据传，船夫戏乾隆的一幕就发生在孙家桥上。

当年乾隆下江南取道泰州，知州领着皇帝来到孙家桥，一览稻河"七邑之粮一水买卖，两岸终日量升斛斗"的盛况。突然，桥下一阵歌谣传来：

稻田流水声潺潺，
皇帝老儿下江南。
官府拍马穷搜刮，
庄户百姓卖儿囡。

乾隆听得很不开心，叫住船夫出对子：我为君，你为民，君可爱民，亦可杀民。

船夫辫子一甩，不卑不亢，脱口而出：民是水，君是舟，水能载舟，也能覆舟。

皇帝黑了脸，示意船夫出一联，船夫张口就来：六船七夫行八日，来九梁十柱殿练武。

乾隆反应快，随即对出：一行二人走三里，到四龙五井桥采菱。

对仗工整，无懈可击，算是挽回一点面子。哪知船夫诡秘一笑，说："九梁十柱殿"指的是孙家桥西北山寺中的古殿，请问"四龙五井桥"有何说法？

这一问，问得皇帝险些出丑，好在州官灵巧，扑通一声跪下，叩谢皇帝赐孙家桥为"四龙五井桥"才解了围。

其实，乾隆一生没来过泰州，泰州人却敢拿皇帝开涮，或许，这也是先贤王艮"百姓日用即道"先进思想绽放的花蕾。

"燕子不来春又老，赵公桥外柳如烟。"烟景如画的赵公桥是凤城古桥中最长的一座，作为凤尾的赵公桥，它的故事直指世道人心。

早先城北罗浮山畔，汪洋一片，浪高水急，每当狂风大雨，常会船毁人亡。

缪五，塔儿村一位善良敦厚的小伙子，看在眼里急在心里，发愿为众人修座桥。于是每天省吃俭用，把挑水的钱悄悄投到附近永宁寺的一口古井之中。

二十出头的年轻人，顾不得娶妻生子，四十年如一日。在清乾隆十八年（1753），缪五六十岁时，他兴奋地告知了州衙。知州赵天爵将信将疑，亲临永宁寺，不到半日，从古井中捞出山一样的钱币。赵大人惊骇之余动起了歪脑子，拿出一吊钱赞助，示意乡绅取名"赵公桥"。工匠们纷纷为缪五不平，将造桥多余的砖石在桥上砌了五座土地庙。五庙，暗指缪五，一桥五庙折射着州人朴素的情怀和人性的光芒。

古桥悠悠悠几许？在凤城众多的古桥中，有一座桥不得不说，那就是独一无二的税务桥。

自西汉吴王刘濞煮海为盐，开挖运盐河暴富以后，偏安一隅的海陵逐渐走进人们的视野。当运盐的帆影绵延至937年，海陵成为盐税大户，白花花的银子闪得南唐烈祖龙颜大悦，敕旨海陵建制升格，取了一个隽永的名字——泰州，取通泰之义。至此，州建南唐成了海陵划时代的篇章。

岁月流转，这场声势浩大的经济潮汐涌到宋朝，泰州盐税比唐朝一年全国各类税收总额还要多。晏殊、吕夷简、范仲淹相继为泰州盐官后升迁为相，他们的到来，开启了本邑文昌北宋的新气象。

城南中市河上，川流不息的舟船，一望十里，时而靠岸，时而解缆。跑码头的女人自然熟，站在船头，聊天打趣，等着去课税局缴税的男人。

一座拱形砖桥犹如一道不落的飞虹，横跨在中市河两岸，一年又一年见证着此处的热闹与繁华。建于宋淳熙十一年（1184）的这座古桥，本名太平桥，却因了这样的繁华与热闹，被老百姓俗称为"税务桥"。明朝御史凌儒《吟税务桥》诗云：

> 岁课垂名旧，中城路不赊。
>
> 总戎司马第，簪笔夕郎家。
>
> 东海迎朝日，西山送晚霞。

从来冠盖里，时过七香车。

盛赞当时泰州及税务桥之繁华。

据清道光《泰州志》记载，凤城古桥共有80座之多，可谓千姿百态，各具魅力。古桥静静地屹立在流年之上，屹立成了一首首史诗，像一份备忘录，镌刻在凤城千年的脉络里。

泰州人对古桥赋予了太多的情感，有的似潺潺流水，有的则激情澎湃，早已超越了桥自身的作用，激励着人们解放思想再出发。如今聪明智慧的泰州儿女锐意进取，一座座气贯长虹的新大桥横亘在碧水之上，一头连着过去一头连着未来，演绎着泰州一段又一段新的传奇故事。

2018 年 6 月

我愿出走一生，归来仍是少年

我上网搜了一下，泰州能称得上古园子，且留存至今的，怕是只有乔园一个。

乔园初名日涉园，建于明万历年间，园主人为太仆寺少卿陈应芳（1543—1610）。

陈应芳为官30余年，勤政清廉，深受百姓爱戴。1597年，却突遭同僚弹劾，心灰意冷，五次上疏恳请归里，未批，请假回乡。后虽特疏起用，也只有短暂的一段时间，终退隐还乡。

退隐的陈应芳，大概总有一点儿失意，在其祖父陈鸢的旧居另建一居所，取名"日涉园"，淡泊明志。陶渊明《归去来辞》云"园日涉以成趣"，每天在园子里看种子破土，看小芽抽条，看枝叶分叉，看果实累累，晨起赋诗，晚来著述，一番乐趣不寻而得。

日涉园玲珑小巧，不事张扬，这无心插柳的举措，为日后乔园的盛名开了好头。

时光如白驹过隙，日涉园第一次易名是在陈应芳过世60年后的雍正年间，其时园子已归地方官高凤翥所有。

高凤翥仕途平坦，一介文人。文人的浪漫，让他更愿纵情山水，对陶公的淡泊高远也心向往之。日涉园在他手上，历数十年的精心打造，格局变大，格调变高，文化品位与造园艺术均达到上乘。

值得一提的是高凤翥多方寻访，用重金购得石笋三支，皆拔地盈丈，嶙峋峭峭。安置园中，与亭台水榭、嘉木修篁相映生辉，园林之趣达到巅峰。极大的自豪感，让高凤翥不再愿意沿用"日涉园"之名，因其新置的三石笋而改为"三峰园"。此时的三峰园，盛极一时，有皆绿山房、数鱼亭、囊云洞、山响草堂、绠汲堂、松吹阁、因巢亭、二分竹屋、午韵轩、来青阁、莱庆堂、蕉雨轩、文桂舫和石林别径等十四景。

清道光五年（1825），留寓泰州的东台画家周庠绘《三峰园四面景图》，穷尽园内的一山、一石、一树、一景。

然高氏的这份家产最终未能周全。

清咸丰三年至八年（1853—1858），太平军起义轰轰烈烈，两度兵临扬州城，与清军激战，扬州失守，毗邻的泰州人惊慌失措。

"国不泰民不安"，兵荒马乱之中，高氏后人举家迁居，咸丰八年夏，不得已转让三峰园给请病回乡的吴文锡。

吴文锡接手后，三峰园已见荒凉。他花了三个月的时间修缮，以"荒园藏身有所"，将三峰园更名"蛰园"，并著《蛰园记》，记录买园造园的过程。

蛰园规模虽不似从前，身心恬淡的吴文锡却把它当作"安乐窝"，过起了浅斟慢饮、低吟漫歌的日子。自言"其地甚小而外之山环水抱无美不备"，真真不负蛰园一番风景。兴之所至，吴文锡对园内一些建筑物也做了更改，"山响草堂"改为"三峰草堂"，"来青阁"改叫"一览忘尘"，"绠汲堂"改称"退一步想"，"数鱼亭"改为"疏影亭"。

只是，吴文锡长期蛰居于蛰园的想法没有实现，所有的命名便如昙花一现。

当时的清廷，外有英法联军的虎视眈眈，内有太平军的势如破竹，咸丰帝坐卧不安，战事到了沸点，朝廷急需人才。咸丰十年（1860），吴文锡被任用为道员，每日公办，蛰居无门，没几年时间，园林转到了两淮盐运使乔松年手上。

其实，战火没有真正波及泰州，两淮盐政署因扬州失守逼迫迁来泰州，大量盐官、盐商、富商纷至沓来，反而带来了泰州经济的繁荣。因祸得福，不得不说，泰州是个福地。经济的繁荣，作为两淮盐政最高长官的乔松年得以大兴土木修建盐务公署"小香岩"。

乔长官好诗文，"海陵后八景"之一的"梵宫花雨"，便出自乔松年的"香云如海先成盖，慈雨从天正坠花……"忙碌的公务之余，乔松年结交了众多文人雅士，吴文锡是其中之一。有着共同兴趣的二人结下了深厚友情，同治二年（1863）"小香岩"建成，乔松年请吴文锡题额并跋。

所以，吴文锡转手蛰园或许是出于一种恭敬，但这一转也转出了古园的第二春。春风得意的乔松年，哪能让自己的园子称作"蛰园"？！他着手大规模的改建，咫尺之内再造乾坤，改名"乔园"。四时乔园，天人合一，美景不断。

风吹松柏有清音，雨打芭蕉有清韵，雪落飞檐有清趣。移竹画窗，更有明代《园冶》里所说"静扰一榻琴书，动涵半轮秋水。清气觉来几席，凡尘顿远襟怀"的意境。一幅幅画卷如唐诗宋词，令人愉悦令人美好。

"小园虽陋，而嘉树可誉，青土苍官，胜于绮阁雕萝多矣"，这是乔松年对园子的评价。幽雅清朗的乔园，自此名流唱和之声不断，远近闻名。

后来，乔松年历任江宁布政使、陕西巡抚，是历代园主中官位最高、权势最重者，乔园之名再没更改。

一个失意，一个顺达，一个隐逸，一个得意，四位园主人心里的一潭水滋养了古园，也造就了古园。

古园四易其名，起落沉浮，幸运地躲过无情的战火，熬过岁月的沧桑，四百多年而不衰，仿若出走了一生归来仍是少年。淮左第一园应运而生。

乔园之幸即是海陵之幸，一方嘉园，身处闹市，给海陵人带来多少诗情画意，又驱除了多少尘世烦扰。

2018 年 2 月

七星井

——它是泰州最深的故事，但时过境迁，渐行渐远……

话说公元前 117 年，从海水中诞生的泰州，在西汉的版图上有了一席之地，时称海陵。海陵像个宠儿，一出生便享有大海、长江、淮河的三水滋养，仓廪殷实。

唐王维曾赋诗："浮于淮泗，浩然天波，海潮喷于乾坤，江城入于泱漭。"这里三水风云际会，气势磅礴，但这样的磅礴也带来了一种麻烦。

每遇大潮与台风，海水倒灌，河水咸涩难咽。好在先民聪慧，凿井取水，战胜自然，从此井成了城市的一道风景线，小城有了自己幽深的眼眸。

在古井的长河里，海陵"七星井"一直被泰州人津津乐道。

宋地理学家王象之，写了一部"收拾山河之精华"的名著《舆地纪胜》，里面记录了海陵七星井。把七星井定位到山河之精华这一高度，说明那时七星井已有盛名。

旧时，海陵井若星辰，密布大街小巷，其间的七口井水质清幽，贯穿海陵的东西南北，状若北斗，惟妙惟肖，名曰"七星井"。

七星井差不多都有一个直抒胸臆的名字，廉贞井、八角琉璃井、魁罡井、麻石井、炼丹井、卓锡泉、祐圣观井，并被佛教、道教平分秋色，属于老百姓的只有一口八角琉璃井。

为什么七口名井被宗教占了多数？难道是出家人有独到的眼光，还是无巧不成书？想来想去，答案恐怕只有一个，那就是佛、道在海陵的盛行。

七星井像七颗珍珠，串联在一起，集中闪烁着泰州久远、生动、丰富的地域文化。

卓锡泉大约是七星井中最古老的一个，在小城北山寺。

卓锡得泉，像神咒"芝麻开门"。

唐宝历年间，北山寺住持、四川人王屋禅师，背井离乡多年，老来思念故土，用锡杖在住处觅得一甘泉，遂得名卓锡泉。

自从卓锡得泉，北山寺香火更盛。

后来，泰州有个聪明的药酒店老板，抓住这个良机，取卓锡泉水酿制枯陈药酒，色泽透明，味醇柔和，且疗效显著，也名声大振。真乃是"披沙觅山泉，不知泉在师锡端。沙河现作天人相，一杯普供天人饷"。

麻石井，粗糙，其貌不扬，但它却是改变小城西山寺命运的主角。

西山寺名不见经传，到了清咸丰年间，住持僧在麻石井里神奇地发现了一尊石佛，供奉后，每当夜深便出现白云绕佛飞天、盘旋不散的奇观，百姓一传十、十传百，从此香客盈门，西山寺变成了西山白云寺。

卓锡泉，麻石井，一个比一个神奇，但身为老百姓，我更关注八角琉璃井。

漫步歌舞巷，邂逅八角琉璃井。这一汪清澈从宋朝走来，直到今天依然在巷口迎接黎明送走日落。

八角琉璃井是一口公井，算是"七星井"中最漂亮的一个。雕琢井栏的那块青石极为罕见，色彩缤纷，是不是女娲补天时遗落的一块，不得而知。

时光又是一位调色高手，把那缤纷的井栏描摹得一年比一年艳丽通透，像琉璃一般，老百姓才称其为八角琉璃井。

八角琉璃井的井沿呈工整的八角形，古朴稳健。井口开阔，能容多人同时打水。井壁流畅，由弧形带榫的砖层层搭建，坚固又美观。都说宋朝社会福利好，老百姓有钱，似乎从这口井也看出了一点儿端倪。

岁月的沧桑，只能从那一行行如史诗般，深深浅浅的凹槽上有所体现。

当晨曦微明，这口井开始热闹起来。歌舞巷人提着水桶来到井边，男人们担上水匆匆离去，女人们爱扎堆，古井成了她们的一个舞台，叽叽喳喳，把生活的点点滴滴淘洗，欢声笑语抑或悲戚愁肠都沿着井壁流向了深处。

云在井里飘，鸟在枝头叫，小孩在巷里跑，泉涓涓而始流，木欣欣而向荣，这是怎样的一幅画卷啊！随着自来水进入寻常百姓家，七星井有的湮灭，有的寂寞，古井渐行渐远，唯八角琉璃井还有如许的生活气息。

如果，今天的我们依然逐水而居，泰州的历史或许会像没有根基的浮萍，又怎会成为汉唐古郡、淮海名区？！人们掘井而居，井井为邻，静水流深里涌动着泰州人的万千情愫，它以最简洁直白的方式，把历史的碎片衔接成美丽的故事，一方风情毕现，才使得泰州文化一脉相承。

2017 年 12 月

白马庙的红色记忆

万道霞光映红的海面，一艘艘猎潜艇，轻盈似海燕，以编队的形式，乘风破浪，驶向远方，壮观又威武。这是十多年前我经常看到的一幕。后来，有机会参观166导弹驱逐舰和核潜艇，听战士们娓娓地讲述，更觉舰艇的威武。这些舰艇筑起了海上长城，守护着祖国的海疆。

2012年9月25日，随着辽宁号航母正式入列，中国海军的实力不言而喻，又上一个台阶。如此强大的海军，估计谁也没想到，它的诞生地，不在海边，竟是小城泰州一座村庄——白马庙。

小小白马庙，缘何有这样的机缘？

故事还得从68年前那个风云变幻的4月说起。

4月的白马庙，草长莺飞，桃红柳绿，一片大好春光，只是白马庙人没有这份闲情逸致。

当时中国人民解放军以摧枯拉朽之势解放了长江以北的大部分地区（泰州1949年1月21日解放），正积极组织渡江战役，打过长江去，解放全中国。

以粟裕为首的解放军第三野战军司令部直属部队，选择了群众基础好，交通便利又靠江的白马庙乡进行驻扎。4月5日，在白马庙地主王氏的一栋两层小楼，设立了渡江战役东线作战指挥部。

白马庙虽一马平川却不是一览无余，庄里庄外大树林立，浓荫遮天，渡江指挥部掩映在绿树丛中，安全隐蔽，电波从这里连接着党中央。

面对亲人解放军的到来，白马庙群众热情高涨，走路生风。在短短几天里就修筑了一条通往长江岸边的道路，为解放军顺利渡江和支前运输工作做好了充分准备。

其时国民党政府岌岌可危，但不甘心失败，蒋介石玩弄起了"求和"诡计，在"和平谈判"之机，调集军舰布防长江沿线，妄想凭着长江天堑，守住半壁江山。

只是，他的如意算盘并没有打响。

早在淮海战役期间，中共中央、中央军委就已经酝酿组建人民海军。

1949 年 1 月，中央政治局会议决定把筹建海军的任务交给"三野"。4 月上旬，原华中军区副司令员张爱萍来到泰州白马庙，在"三野"代司令员兼代政委粟裕的领导下，立即投入到筹建海军的工作中去。

国民党在长江布防工作一结束便脱下伪装，于 1949 年 4 月 20 日，悍然拒绝在国内和平协定上签字。

未雨绸缪的中国人民解放军，运筹帷幄，按照部署，于当天午夜时分发起了全线渡江战役。

茫茫江水，波浪滔天，百万雄师以怒吼的势头，千里强渡。万艘木船以矫健的英姿，齐发南岸，猛烈的炮火映红了夜幕。

白马庙小楼昼夜不眠，粟裕代司令员指挥"三野"的第八、第十兵团和苏北军区 3 个独立旅在三天内克服重重困难，先后越过长江天堑，突破国民党南岸防线，于 4 月 23 日占领了南京。这个胜利的日子，注定了是个特殊的日子。

被策反的国民党海军第二舰队 30 艘舰艇同时在南京以东江面起义，另一部 23 艘舰艇在镇江投降，至此蒋介石的长江布控崩溃，军心大乱，海军主力落入人民解放军手中，收编国民党海军刻不容缓。

中央军委急电"三野"前委成立人民海军，暂定名为华东军区海军，任命张爱萍为司令员兼政治委员。

4 月 23 日 13 时 30 分，张爱萍司令在白马庙小楼，用洪亮的声音，庄严地向世界宣告中国人民解放军华东军区海军成立！

这一刻来之不易，这一喜悦随着小楼里嘀嘀的电波声，传遍了大江南北。

白马庙小楼笑了，带着无比的自豪。人民海军在战火中诞生，从白马庙扬帆起航，她见证了这一伟大的时刻！

光阴似箭，日月如梭，白马庙小楼青砖黛瓦依旧，小楼里似乎依然回响着张爱萍那振奋人心的宣告。

1989 年 2 月 17 日，中央军委正式批复，1949 年 4 月 23 日成立华东海军的日期为中国人民海军的成立日期。

40 年的等待终有了完美的结局，白马庙一下子站到了历史的高度，被载入了史册。

1999 年在小楼西北，建造了中国人民解放军海军诞生地纪念馆，记录人民海军从无到有、由弱变强、威震海疆的光辉历程。小城泰州，又添新景，作为全国爱国主义教育示范基地，它肩负着重要的使命，将红色记忆代代相传。

水兵母亲城，永为传颂。

2017 年 5 月

吉祥光孝寺

1996年11月2日，雨后天晴的泰州城格外清丽，位于城区五一路的光孝寺，梵宫壮丽，焕然一新。泰州人奔走相告，这一天，光孝寺最吉祥殿（大雄宝殿）暨佛像进行开光大典。

人如潮涌，泰州城万人空巷。

当吉时来到，但见香云袅袅，彩幡飘扬，梵音嘹亮，杨枝净水，遍洒甘露。庄严的三世佛端坐莲台，慈目低垂，宽广的月台上，信众们抵挡不住内心的喜悦，有的甚至流出了激动的泪水。

有着"泰州第一寺"之称的光孝寺，终于在衰败中法炬重燃，如枯木逢春，怎不令人振奋？！

佛教慈悲为怀，重视人心灵和道德的进步与觉悟，泰州人聪慧，悟性高，与佛结缘，像是一拍即合，所以佛教自东汉末年传入泰州，很快在泰州大地上扎根、繁衍。每逢初一、十五，泰州人总喜欢赶趟儿似的去光孝寺敬香。

我也常去光孝寺，喜欢拍下最吉祥殿四时的巍峨，在大殿里礼拜，一圈下来，身心俱喜。

光孝寺一可观，二可读，三可禅。

可观，说它是一处风景。

可读，说它是一部历史。

可禅，说它是一方心灵的栖息地。

当然，这三者并不孤立，而是相辅相成，来此参拜，可对号入座，各取所需，便觉不虚此行。

择最吉祥殿作一说明。

大概很多人不知道，2016年泰州获得中国吉祥文化之乡的称号，光孝寺最吉祥殿立下了汗马功劳，评审最看中的泰州吉祥文化元素便是光孝寺的最吉祥殿。

最吉祥殿重檐 8 楹，气势恢宏，黄色琉璃，红色朱柱，蓝色天幕，交相辉映，瑰丽庄严。殿东西长 33.5 米，进深 26 米，高 22.5 米，殿外回廊面阔 2 米，以"高、大、全"跻身省内首屈一指的庙宇。"最吉祥殿"四个红底金字分外醒目，仿佛一缕祥光，温暖你我。

在国内，光孝寺是唯一把大雄宝殿称作最吉祥殿的寺庙，我曾不知所以然，翻看史料才明白，这里关联着我们非常熟悉的一位文学家、爱国诗人陆游。

光孝寺初建于东晋义熙年间，距今 1600 多年，历史上三次受到宋朝皇帝的赐名，素享江淮名刹之誉。

不过举足轻重的光孝寺，毁于宋绍兴三十一年（1161）的一场宋金之战，重修光孝寺已到了宋庆元二年（1196），庆元五年（1199）落成。当时，泰州州官韩梴取《华严经》语，书"最吉祥殿"为殿额，现在看来，乃是惠及子孙的一等好事。

宋庆元六年（1200），光孝寺住持德范和尚之徒祖兴和尚，派人请时年 76 岁的陆游写下《泰州报恩光孝禅寺最吉祥殿碑记》，碑记第一次披露了最吉祥殿名的由来。

千百年来，趋吉避害是中国老百姓的核心信仰，而最吉祥殿正好顺应百姓的诉求，把佛教的慈悲、普度众生融于百姓的生活当中，特别人性化、接地气。正如泰州学派创始人王艮所言——百姓日用即为道，所以泰州人赶趟儿似的去光孝寺敬香就不难理解了。

这座被风雨时光冲洗了千年的古刹，一路走来，虽崎岖坎坷，但就像真金不怕火炼，稍作停留，依然在路上。

如今，光孝寺已褪去斑驳的沧桑旧迹，显露金碧辉煌的真身，其间凝聚了无数大德高僧的心血，也正是这些大德高僧成就了光孝寺的盛名——名僧的摇篮。

近代，著名居士佛学家杨仁山撰《江苏名山方丈录》云，名山方丈"泰籍者占十之七八"。当代高僧星云法师说得有趣，佛教界的普通话就是泰州话。泰州历来有"出产大和尚"一说，而这些大和尚基本是从光孝寺走出去的。

民国十五年（1926），玉成老和尚推动了光孝寺觉海学院的创立。民国二十一年（1932），光孝寺住持常惺法师创办光孝佛学研究社。两次办学前后二十年，造就了成一、妙然、真禅、自立、隆根、了中等一批学者型僧才，他们如群星闪耀在佛教历史的星空。

后来，由于历史的缘故，这些僧才很多辗转海外。当光孝寺在1984年被列为江苏省重点寺院，亟待修复之时，他们不忘祖庭，纷纷捐助，其中妙然、成一、了中法师为光孝寺的修复工作作出了巨大贡献。

在弥漫的香云中，人们来了又走，走了又来，内心发生着悄然的变化，像得到了清风明月的安抚。

往事越千年，而今光孝寺这一处风景更加秀丽，这一部历史更加鲜活，这一方净土更加祥和。

一品禅茶，盘腿小坐，闲适人生，泰州最吉祥。

2017 年 6 月

"网红"北山寺

1

借"网红"来说北山寺，似乎不太严肃，不过，且听我道来。

建于唐宝历元年（825）的北山寺，跨越千年，几度兴盛又几度荒废，恰似"网红"的光环几度升起又几度衰落，清末民初是其最耀眼之时。

那时的北山寺，雄伟壮观。中轴线上，头殿、二殿、大雄宝殿及大悲楼四进次第耸立。

头殿中央，南向供有弥勒，北向供有韦驮，左右两侧四大天王，威武肃静，民间一度流传"北山寺的菩萨抬不进城"，极言佛像的高大，与众不同。

2

"网红"是有推手的。

北山寺的第一个推手当属四川人王屋禅师，一个有着传奇色彩的僧人。

王屋初建北山寺，筚路蓝缕。

有一天，在他升坛讲经时，三个手持钢刀的彪形大汉，突然挤进讲坛，横眉冷对，众人皆惊，好在钢刀一直在握，三位眼睛只盯着禅师。禅师淡定自若，依旧引经据典，声如洪钟。他们听着听着，字字入心，突然扔下钢刀，跪在禅师前，磕头不止，众人面面相觑。

原来他们是大盗，偶听法师开示，幡然醒悟，要出家忏悔。

禅师慈悲心切，当即答应了他们的请求，取法号开化、清化、演化。三人立誓向善。为弥补过去的罪孽，各自外出，经过三年的千辛万苦，募捐而归，开化所募最多，重修寺庙，北山寺更名为开化寺。清化、演化募捐的钱修建了两座桥，一座叫清化桥，一座叫演化桥，方便百姓出行，受到百姓称赞，北山寺一下子"红"了起来，香客络绎不绝。现今这两座青石桥，南北相望，依傍北山寺，横卧在悠悠稻河之上，默默记载着两位高僧的善行大德。

为了弘法利生，王屋禅师几十年未曾回过故土，眼见着北山寺香火大盛，心下慰藉，突然就思念起家乡来。

千里之外，这份乡愁如何解？禅师想到饮水可思源，于是用锡杖在后院画圈定点，即行开挖，竟挖出了一口清泉。据说此泉脉通扬州蜀冈"天下第五泉"，泉水甘醇，终年不涸，禅师得偿所愿。这口水井，便得名卓锡泉。

卓锡泉通灵性，长出六叶浮萍，与禅师家乡的一般模样，而泰州的只有四叶，于是这水井成了"神井"，吸引了更多的香客。

由于历史的变迁，卓锡泉不幸被填埋。据北山寺住持妙祥法师说，卓锡泉今年有望重新开挖，汩汩清泉将续演怎样的传奇？我们拭目以待。

北山寺得以笼罩"网红"的光环，光靠一个王屋是不够的。拉一串长长的名字，子廉、如松、冰怀、德山、玉成、文心、智光、常惺、南亭、肇源、云开、禅耕……这些大德高僧，像玩起了接力赛，特别是常惺、智光、南亭、肇源四位大师，用自己的真性情，延续了北山寺的光环。

3

泰州自古寺庙遍布，名刹林立，尤以"九大丛林"名震遐迩。如果用全景图，从空中俯瞰，那是一幅水乡佛国的胜景，其中北山寺处于水网交汇处，南来北往的僧人最喜在北山寺挂单小住。

民国十年（1921），通扬运河上，一青年迎风站立船头，目光深邃。若不是一袭僧衣，在众人眼里定是位青年才俊。这位僧人便是智光禅师，后蜚声宝岛的大法师。

智光禅师年少出家，参学佛理，致力于培养僧才。他的一生，最重要的转折点，就是在北山寺闭关三年。一千多个日日夜夜，在北山寺的晨钟暮鼓里，禅师专攻华严宗义，学力大进，设坛讲经，很多青年僧侣慕名而来，南亭算是他最得意的弟子，聪颖好学。

曾是智光同窗好友的常惺禅师，来北山寺拜访智光，借着朗月，二人共同探讨大乘佛教起信论，共鸣颇多，一旁聆听的南亭深受启悟。

当听说常惺法师在安庆举办佛学院时，南亭请求前往，得到应允。两年后，南亭略窥佛学门径，回到北山寺，开始讲授佛学经典。

深造于安庆迎江佛学院和上海清凉寺华严佛学院的肇源法师，风尘仆仆来到泰州，于民国二十二年（1933）任北山寺住持。

至此，四位睿智的青年僧侣，志同道合，豪情四起，分别成立了焦山佛学院和光孝佛学研究社，在海陵，在江苏，乃至在全国大地，掀起了一股学佛的热潮。他们携着出世的情怀，秉持入世的澄明，把佛学曼妙的思想融于当下的生活，致力于人性最美的回归、最美的圆融，意义深远。

常惺法师一度担任光孝寺方丈，民国二十六年（1937）出任中国佛教协会秘书长，是中国近代佛教史上与"中国佛教之救星"太虚法师齐名的佛学大家。

南亭法师后任光孝寺第十五世祖，1949 年转赴台湾，创设华严莲社、华严专宗学院，为传播中国佛学不遗余力，在中国佛教史乃至世界佛教史都留下了璀璨的一页。

肇源法师难能可贵，在风雨飘摇的年代，他只身留在大陆，这一留，为几十年后光孝寺的修复产生了重大作用。1984 年，法师出任光孝寺方丈，并成为泰州市佛教协会会长，一生践行着利益众生的无尽大愿。

正是这些"大咖级"的推手，给北山寺带来了荣誉，在一定程度上推进了海陵文化的繁荣昌盛。

4

历史的车轮滚滚向前，也碾压了北山寺，曾经的"网红"，销声匿迹，好在 2009 年市区两级政府投入巨资，北山寺得以修缮，对外开放。

目前，北山寺一殿巍峨，绿树掩映，古朴庄严，虽没有了从前的宏阔，但底蕴依旧。那飞檐翘角，依然是千年记忆。那檐角的铃声，依然是千年的留恋。北山寺正以虔诚的新姿，给纷繁的世界一片安宁。

2017 年 8 月

千年南山寺

我有幸在佛教圣地普陀山待了十年，耳濡目染，于寺庙总觉亲近，对于家门口的南山寺更感亲切。

在泰州众多的庙宇中，南山寺不是最早的一座，却是最难得的一座。

翻看南山寺的历史，南山寺就像一位血统高贵的人，一出生便与众不同。

始建于唐乾符三年（876）的南山寺，远离京城，偏安泰州（时称海陵），在落成之时，即被僖宗皇帝赐名"护国寺"，担当起护卫国家的名义。这一殊荣，其他庙宇望尘莫及。

当时，农民起义势不可当，唐王朝风雨飘摇，南山寺可谓受封于国家危难之时，虽护佑不果，自然也不可能有果，却也风风光光了三十年，直至唐灭亡。

人生如戏，血统高贵的南山寺也不例外。

宋徽宗政和七年（1117），徽宗帝弃佛崇道，改南山寺为"神霄玉清万寿宫"，遭遇如此尴尬，想那铁心坚禅师（南山寺创建者）知道了要晕倒。

不过到底是"血统高贵"，一般的道宫称神霄宫，而南山寺更名加了"玉清万寿"四个字。据传，当年道宫完全呈现出一派神幻色彩，令人飘然欲仙，心驰神往，殊胜他宫。

只是徽宗的"神仙梦"不长，在女真的铁蹄下，北宋很快灭亡，神霄玉清万寿宫最终做回了自己。

历史上以少胜多的战事我们能一一道来，而不动一兵一卒，仅凭一卷经书退敌的事，恐怕没有第二，而这事就发生在宋绍兴三十一年（1161）的南山寺。

当时的泰州，战火纷飞，金兵攻破泰州城，大肆烧掠，城内建筑几乎全被烧毁，唯南山寺毫发未损，还多了敌人馈赠的白金（旧时白金是指白银）。

宋地理学家王象之在他的《舆地纪胜》中记载："绍兴辛巳敌骑至南山寺，住持僧觉如捧金刚经一卷，至塔下出揖。敌问僧，何恃而不恐？觉如举手曰，恃此耳！如且为数演其义，敌皆罗拜，遗白金而去。"

一卷经书抵千军，禅师临危不惧，舍生说法，像一轮明月，温柔遍照，震慑人心，为南山寺留下传奇的一笔。

或许正是觉如禅师的这一笔，今天南山寺的圆通大殿（庑殿重檐），才能保有宋时风貌。中国古代建筑等级森严，最高级的是重檐庑殿，上下九条屋脊，面阔五开间，成九五之数，为皇家或皇帝敕封过的建筑，如故宫太和殿。南山寺的圆通大殿和太和殿一般模样，古建筑园林专家陈从周曾说此殿"是应该用玻璃罩起来的宝贝"。

有一日，薄暮时分，我信步来到此殿。

夕阳下的大殿，巍然屹立，古朴盎然，融入蓝天，无限延伸，令人心境开阔。

殿内明代楠木金柱直径达 60 厘米，柱下莲瓣石础，清净庄严，正值僧人做晚课，那一声声梵音绕梁，和雅、清澈。

如此美好安宁的地方，历史上也曾两次罹难。

一次是元末泰州张士诚起义，公私房舍、寺观庙宇毁为瓦砾（清道光《泰州志·城池》）。在张士诚之后的 12 年，朱元璋攻打泰州，泰州城又一次变成废墟，南山寺在劫难逃。

不过在断壁残垣间，明朝的泰州，率先修复的寺庙依然是"血统高贵"的南山寺，并成为祝圣道场，设立僧正司（佛教领导机构），地位尊固。

历史的风云终归是一江春水向东流。

前世的沧桑，给今生铺了一条康庄大道。如今的南山寺，宛如凤凰涅槃，正以崭新的面目出现在众人面前。

南山寺塔，一座地标性的建筑，与南山寺互为一体，已巍巍矗立在凤城河畔，再现"海陵八景"之一的"凤池笔颖"。朝夕塔影入凤池，形似笔，可与黄山的梦笔生花媲美，塔内将供奉佛祖释迦牟尼的一枚真身舍利。

关于这枚舍利，颇值得一讲。舍利原供奉在佛教圣地斯里兰卡具有 2500 年历史的古刹玛希扬格纳寺，是印度阿育王时代恭迎的，弥足珍贵。

2011 年 6 月 5 日，一个寻常日子，对于南山寺来说，却是千年等一回。就在这天，南山寺迎来了这枚真身舍利，据说全国仅数十座大型寺庙才有供奉。

那日，天气预报有雨，迎奉车队从下榻的酒店出发时飘着细雨，但当车队刚到泰州，太阳从云层中慢慢涌出，天空亮了起来，这样的祥瑞自然带来了无比的欢欣，南山寺成了欢乐的海洋，钟鼓齐鸣，佛号高扬，信众们组成夹道欢迎的队伍，一脸幸福的模样。

晶莹的舍利，静卧在藏红花中，供奉在小舍利塔里，圣洁祥瑞，八方信众虔诚瞻仰。见舍利如见佛，舍利是人天无上福田，蕴含佛陀的智慧与慈悲，给人心灵的力量。千年古刹逢盛世，且以深情慰苍生，这将是南山寺最大的魅力。

南山寺历经千年而不衰，这千年的底蕴关乎一座城的发展。这些或神奇或神秘，或激扬或悲怆的故事，有了与时间比肩的力量，也映射了小城文化的深厚。

岁月悠悠，这方净土，不忘初心，走成了"心灵的家园"，值得我们去驻足、去体悟、去传承。说它难得，一点儿不过。

2017 年 4 月

一座传奇的庙宇，一座不朽的丰碑

一片白云，一座寺庙，一位僧人盘腿打坐，像是电影里的一个画面。

其实这画面离我们不远，寺是小城西山寺，僧是邑人僧德贤。

位于小城西面的西山寺始建于南宋，没有确切时间可考，相当长一段时间默默无闻，自从僧德贤走马上任，西山寺便开始了传奇之旅。

那还是在清咸丰年间的一个晚上，月上中天，西山寺一座偏殿静悄悄，一点烛火，伴着德贤和尚打坐，渐渐燃尽。

忽然，一道强烈的白光从大雄宝殿西边的古井里腾地闪出，刹那照亮夜空，天地一片澄澈，恍若光明世界。正在坐禅的德贤很是惊奇，迅速来到井边，只见一汪清泉，波澜不惊。

百思不得其解的德贤，天刚亮就差人下井探究，意外打捞出一尊石佛。石佛慈眉善目，端庄亲切，德贤甚是欢喜，当即燃香礼拜，供奉在释迦牟尼佛像前的香案上。

更奇的事情发生了。自那以后，每当夜深，一朵白云便从石佛那儿悠然飘出，在寺宇上空游弋，若香云缭绕，又若莲花朵朵，绵绵不绝，众僧称奇，百姓称奇，德贤和尚却是会心一笑。清风徐来，德贤对着那朵悠然的白云，脱口吟出："西山梵境白云寺啊！"于是正式更寺名为西山白云寺。寂寂数百年，西山寺终于得到"命运的垂青"，魅力独具，香火自然旺盛起来。

香客多了，大雄宝殿东侧的一座楠木宝塔也格外受到青睐。喜欢探幽访古的清邑人夏荃，在其《退庵笔记》里这样记录：此塔建于明弘治四年（1491），一共七级（另有九级、十三级之说），精雕细琢，几近殿顶，精美绝伦，民间有"西山寺的宝塔不露天"一说。

这高大威仪的木塔虽不露天却有"通天"之能事。泰州古城像一只腾飞的凤凰，凤头在南门高桥，凤尾在北边赵公桥，双翼分别为东西两高墩，而凤胆则是西山寺的楠木宝塔。一座木塔分担了如此重要的角色，足见西山寺的非比寻常。

或许有着传奇基因吧，在风云变幻的 1939 年，西山寺上演了最为传奇的一幕，奠定了它在中国革命历史上不可或缺的地位。

民国二十八年（1939），抗日烽火映照苏北大地，泰州城内日伪猖獗，为实现党中央提出的"开辟、发展苏北"的战略决策，新四军挺进纵队进驻苏北，其时国民党顽固派韩德勤（鲁苏战区副总司令）坚决反共，形势极为严峻。

大敌当前，陈毅司令员果断提出"击敌、联李、孤韩"的方针，为了争取国民党鲁苏皖边区游击总指挥长李明扬、副指挥长李长江的支持，陈毅于 1939 年 7 月至 1940 年春，冒着生命危险，三进泰州城，西山白云寺（国民党鲁苏皖边区游击总指挥部）成了新四军争取中间派的谈判场所。

戒备森严的西山寺，如同一块壁垒，会晤极不容易，谈判更是难上加难。陈毅司令员灵活运用"有理、有利、有节"的斗争原则，晓以民族大义，以一颗真诚的心，像交朋友一样，力劝二李维护抗日救国统一战线。

司令员的话，时而如涓涓细流，化开坚冰，时而如松涛阵阵，激荡人心，大殿里始终回荡着一曲正义之歌，透过窗棂，在修竹间传诵，在青石上共鸣，整个西山白云寺抹上了一层浪漫主义的英雄色彩。

谈判最终得到李明扬、李长江的理解和支持，新四军顺利东进，为黄桥决战奠定了基础，并取得了决定性的胜利，由此开辟了苏北、华中抗日民主根据地，为抗日战争史抒写了浓墨重彩的一笔。

这一段风云可遇不可求。历史是一位大导演，如今的西山白云寺，青砖黛瓦依旧，正以新四军东进泰州谈判纪念馆的形象出现在人们的视野，成为泰州一座不朽的丰碑。

小城不大，分量不轻。"问渠那得清如许，为有源头活水来。"从祈福消灾的庙宇变为爱国主义教育基地，不是命运的多舛，而是砥砺前行的智慧蜕变。

2017 年 6 月

东山再起的东山寺

清代邑人夏荃在其《退庵笔记》里写："邑有南山、北山、东山、西山四寺，基址广袤，殿宇宏整，以北山为最，南山、西山次之，东山极湫隘。"

湫隘者，低洼狭小也。东山"极湫隘"，在夏荃眼里，似有瞧不起之意，不知道是不是他的偏见。在我看来，东山寺很不一般，颇能体现泰州人的性格特点。

通常寺庙，除了规模有大小之分，供奉的对象基本一致。东山寺不同，有一处专门供奉张王的殿。

张王何许人？为什么会出现在东山寺？

张王，说起来赫赫有名，老一辈泰州人可能都知道，他就是张士诚。

元朝末年，朝廷腐败，百姓的日子水深火热。

当时，泰州兴化白驹场人（今江苏大丰）张士诚（1321—1367）以操舟运盐为生，受尽官家欺凌，后贩卖私盐，又受盘剥敲诈。元至正十三年（1353）春，忍无可忍的张士诚，率领自家三兄弟及十四位盐丁，抄起十八根扁担，深夜砸死恶霸盐警邱义，冲进富豪家开仓赈民，揭竿而起！

起义军势如破竹，攻克泰州，占领高邮，南下江南，于元至正十六年（1356）定都苏州，张士诚于1363年称吴王。

吴王轻财好施，对百姓秋毫不犯，百姓得以重见天日，对张士诚深怀敬意。用今天的话讲，张士诚因之圈粉无数。

另一拨以朱元璋为代表的势力，雄心大略，于元至正二十五年（1365）进攻泰州城。朱元璋心狠手辣，一连三天把泰州城最富庶的城南、最热闹的东西门大街烧得一干二净，百姓敢怒不敢言，因而更加怀念张士诚治下时安居乐业的日子。

张士诚的亲民惠民政策实行了十年之久，深得民众爱戴。按理说得民心者得天下，但由于自身的狭隘，张士诚最终败于朱元璋，自缢而亡。

英雄不折腰，在百姓中掀起了一阵波澜，泰州人扼腕叹息，对张士诚又添一份敬重。

一方水土养一方人，三江水滋养的泰州人，善良、中正，懂得感恩。在以后漫长的岁月中，每年农历七月三十（张士诚的忌日），泰州人总会悄悄燃起"九四"（张士诚原名）香，点上"歪歪灯"（一种用文蛤壳做灯盏，中放灯草和菜油点起的灯）。晚上，几十几百盏"歪歪灯"点起来，光芒照四野，形成了怀念的海洋，煞是壮观。朱元璋曾因此生疑，派地方官员调查，百姓以礼拜地藏王菩萨为由搪塞过去。

时间是最好的证明，三百多年过去了，泰州人非但没有忘记张士诚，还把他请进了东山寺。

据传在清康熙年间，有一客居苏州的泰州生意人，一次在舟中安卧，竟梦见了吴王，吴王跟他说思念故土，欲回故里。其人醒来，赶紧求得吴王像，速速赶回泰州，供奉在泰州南门八蜡庙。或许八蜡庙太小，后来迁移到东山寺，成了保佑泰州人平安生活的张王菩萨。

东山寺，建于唐大中年间，历史悠久，自清初供奉了张王菩萨后渐渐出名。

东山寺张王殿有两尊张王像，龙目海口，英姿勃发。每年在张士诚的生日，百姓总要抬起其中的一尊（称作行坛），隆重地举行迎张王会。

乡人抬着张王菩萨，锣鼓开道，音乐百戏，诸班杂耍随后，走街串巷，祈福平安，热闹非凡。四邻八乡的人闻讯赶来，站在路边或巷口，伸长脖子，目不暇接。更有甚者，一路跟着迎会的队伍，不亦乐乎。

这份热闹的背后，寄托着邑人对张士诚永远的感怀，它像一把不灭的心香，点燃在泰州百姓心中。

历史总喜欢开点玩笑，制造一些不堪。自民国以来，东山寺屡遭破坏，被拆，被改建，被挪作他用，直至 20 世纪 90 年代，好端端的东山寺被淹没了，令人惋惜。

许是东山寺留给百姓的记忆太多，难以忘怀。在原东山寺旧址，现在的梅苑小区，老百姓自发地在小区围墙上破墙建起了一座袖珍型寺庙。

　　我特意跑去看了，与其说是小庙，不如说是镶嵌在围墙上的一座佛龛，小庙前安放的香炉上刻有"古东山寺"字样。

　　当年有细心的村民把古寺山门上的石匾悄悄保存了下来，这块刻有"古东山寺"字样的石匾被砌在小庙的墙内。这样的小庙，委实是闹市中一处别致的风景。

　　小小佛龛承载着泰州人对古东山寺的怀念，对张王的怀念。应了那句成语，东山再起！地方政府把京泰路街道周桥村的茶庵庙（原东山寺的下院）扩建，改名东山寺。虽然异地而名，但千年东山寺的韵味不变，在泰州人心中的分量不减。

2017 年 7 月

一曲歌罢，引出泰州第一任"市长"的悲喜人生

937 年，仲冬月。

太阳刚刚露出笑脸，城河边的一溜柳树已泛着霞光。

离柳树不远的地方，人山人海，号声如潮，挖土的，肩挑的，砌墙的，一派热闹繁忙景象。虽则天气奇寒，人们干劲十足，冬衣脱成了薄衫。

时值五代十国军事纷争，疆土四分五裂之际，百姓们过着提心吊胆的日子，此时的泰州人，却生活在一片晴朗的天空下。

南唐开国皇帝李昪敕旨，海陵作为全国盐税大户，兼水陆交通咽喉要地，建制升格，更名泰州。

对于海陵县令褚仁规来说，有点兴奋，喜上眉梢。海陵县升格为泰州，县令升为知州，处级一跃为厅级，没有漫长的等待，没有明争暗斗的险恶，羡煞他人。

褚知州曾是李昪的老部下，李昪在金陵建都，皇帝才当了一个月，就下旨升海陵县为泰州，无疑是对海陵、对褚仁规的重视。

新官上任三把火，为报效皇帝，谢知遇之恩，作为东都屏障的首领，褚知州思前想后，决定第一把火是重新拓展子城，保境安民，增南唐气势，固南唐江山。

古代国家的都城和地方上的州城与县城，往往建有大小不等的内外二道城，外边的大城称罗城，内里的小城叫子城，子城也是州府办公的场所。

筑子城相当于一次城建大提升，城市展新颜。作为一州之长，褚仁规全力以赴。他秉承皇帝的风范，爱惜民众，利用冬闲时间开筑，每天亲临现场，和民众打成一片，筑城速度一天比一天快。

望着城墙工地上的热火朝天，褚知州捋着胡子，不住地颔首。短短 50 天的奋战，一座气象万千的子城出现在人们的视野。

子城"高二丈三尺（7米），环回四里（1900米）有余。其濠深一丈（3米）已来，广阔六步（9米），中存旧址，便为隔城，上起新楼，以增壮贯。仰望而叠排雉翼，俯窥而西甃龙鳞"。

举目，子城宛如展翅的飞鸟，与蓝天同行。俯瞰，子城又像是砖砌的长龙，蜿蜒气魄。

站在城楼之上，一览秀美的泰州风光，褚知州很满意自己的大手笔，心潮澎湃，文如泉涌，挥毫写下了《重展筑子城记》（以下简称《子城记》），镶嵌在城墙之上。

巍巍子城，震撼江南。一时间，褚知州名声大振，春风满面。

《子城记》23行，满行23字，共436个字，字字劲健清秀，句句文采飞扬，一气呵成，蔚为大观，记录了海陵升格为泰州的时间、升建的原因、筑城的理由、筑城的经过等等，是初建泰州的一曲赞歌。

"对五马而愧此叨荣，向六条而虑其疏失。岂敢以爱憎徇性，岂敢以富贵安身。"这是《子城记》上褚知州的内心独白。上任伊始，他时刻提醒自己，谨慎行事，廉洁奉公。

言必行，行必果，褚仁规大刀阔斧整饬伦纪，发展盐业，成效卓著，泰州城富庶又安康，白花花的税银源源不断地上交给了朝廷。

原以为前程似锦，怎料天有不测风云，人有旦夕祸福，褚知州遭人弹劾，指证他"多求囊白（白银）昧苍苍，兼取人间第一黄（黄金）"，一个彻头彻尾的大贪官。

皇帝一听，大吃一惊，《子城记》里的豪言壮语犹在耳边回响，怎么可能转眼成空？迫于一些朝臣的舆论压力，皇帝不得不调任褚仁规为静江军都虞侯。

弹劾之人，为当时海陵"五鬼"之一的陈觉，后世皆称陈觉为南唐佞臣。陈觉的哥哥在海陵胡作非为，曾受到褚仁规的惩处，遭此横祸，是不是出于报复，被人打了黑枪？不得而知。

褚知州蒙了，耿耿忠心日月可鉴，岂能蒙此冤屈？！知州不甘心，他觉得皇帝应该了解自己，"吾尝孤立，所知者主上而已"。于是，褚仁规在皇帝面前极力自辩，一时激动，把愤怒当作委屈，把皇帝当作亲人，辞甚讦斥，说皇帝乃一昏君，被谗佞所间！

皇帝立马黑了脸。皇帝，岂是你褚仁规任性的对象！皇帝自己才是任性的主，一句不和就会带来杀身之祸。

恼怒的皇帝，居然命陈觉到泰州调查褚仁规。弹劾之人调查被弹劾的人，这种荒唐的事情直接导致了褚仁规的被杀。正如褚仁规自己所说："陈觉首构吾事，而今已属之，何以自明？"

可叹褚仁规聪明一世，糊涂一时！白白丢了性命不说还留下了污名，令人唏嘘。

褚仁规的起落，道出了封建臣子的无奈。他嵌在城墙上的那块青石石刻，随着岁月的烟尘，不知何时消失，却于 1955 年 6 月在泰州北城垣神奇出土，完好无损，引起轰动。

跨越千年，那一曲赞歌再度被人们记起，褚仁规也成了热议的话题，他到底贪没贪，将留待史学家们去研究。

现在的泰州，城不大，但尘世的幸福很多。

水城慢生活，泰州最吉祥。

泰州太美，顺风顺水。

这些众多的美誉，追溯起来，谁又能说没有当年褚仁规的功劳？逝者如斯夫，作为泰州人，我们不应该忘记曾经建功立业的首任泰州"市长"——褚仁规。

2017 年 10 月

扇动蝴蝶翅膀的教育家

女儿在迎春西路的省泰中上过三年初中，我去过学校多次，对一棵高大的银杏树有印象，一座蝴蝶一样的厅堂，从没留意过，现在才知道，那回廊相连，四角飞翘，形似蝴蝶的地方，是本邑思想家、教育家胡瑗的讲学旧址——安定书院。

胡瑗（993—1059），一位不向命运低头的人，一位儒学大师，虽大器晚成，却用责任和担当，从安定书院开始，一路前行，一路绽放，树起一面面文教大旗，最终非同凡响。

胡瑗生于泰州海陵，祖籍陕西安定堡，家族世代显赫，祖父胡修已曾任泰州司寇参军，遗憾的是其父胡讷官位很低，俸禄极少，胡家一落千丈，竟到了"家贫无以自给"的境地。

小时候的胡瑗，聪颖好学，饱读诗书，志向远大，常以圣贤自任。他擅长文字，13岁通五经，乡邻以为"奇才"。宋祥符六年（1013），20岁的胡瑗与孙复、石介等学友赴山东栖真观求学深造，十年不归。30岁开外，胡瑗才从山东回到家乡，并参加科举考试，先后七次，全部一盆冷水浇下来，名落孙山。这让学识渊博的胡瑗深受重挫。不过，胡瑗迅速调整自己，主动弃考，回到泰州，在华佗庙旁经武祠（即江苏省泰州中学所在地）办起了一所书院，并以祖籍安定立名。

命运关上了一扇门，也会为你打开另一扇窗。宋天禧五年（1021），范仲淹调往泰州海陵西溪镇（今江苏东台附近），任盐仓监官。是时，胡瑗已设塾授徒，小有名气。胡瑗在泰州文会堂，结识了人生中的贵人范仲淹。人生难得一知己，他们纵论天下，诗歌酬唱，彼此欣赏，传为佳话，正所谓"德星一相聚，千载有余光"。他们共同为宋初思想领域的僵化而忧，为国家的命运而忧，同样的社会责任感，让他们成为了人生挚友。两年后，胡瑗受邀前往苏州一带讲授儒家经术。

当时，范仲淹因为反对废后被贬到苏州任知事。馆师出身的范仲淹一向重视文教，在南园开办郡学，聘请"爱而敬之"的胡瑗为首任教席，并将自己的儿子范纯佑送到他膝下，拜其为师。胡瑗到任后，即根据泰州的教学经验，制订了一套严格的校规，树起了文教改革的第一面旗。范公子带头遵守，其他出身豪门、不听话的学生无一胆敢肆意践踏，开风气之先。郡学在知州的鼎力支持下，很快成为各地学府竞相效法的楷模。胡瑗在苏州教学十多年，探索积累了丰富的教学经验。

胡瑗不但教学有一套，还精通音律。1036 年，胡瑗在范仲淹的引荐下，以布衣之身，赴开封受皇帝宋仁宗召见，奉命参定声律，制作钟磬。

胡瑗与人交往，举止文雅、谦卑，儒者风范十足，加之博学，深得朝中要人赞赏，被破例提拔为校书郎官，实现了人生逆转。

1042 年，胡瑗受湖州太守滕宗谅之邀，到当地的州学任主讲教授，一时间"四方之士云集受业"。期间，胡瑗提出了"致天下之治者在人才，成天下之才者在教化，教化之所本者在学校"的至理名言，并创立了卓有成效的"湖学"，名扬天下。

"湖学"以孔孟之道为纲，提出"明体达用"的教育理念。北宋初期，教化不兴，科举制度崇尚声律浮华，以诗赋取士，加之朝廷内部监管不力，一片混乱。胡瑗重振师道，普及教育，首次创立分斋教学制度，以经学为主旨，再依据学生的才能、兴趣、志向分科施教，要求学生德、智、体、乐全面发展；注重学风与校风，并言传身教；注重学生的社会实践，知行合一；创立了高校寄宿制度。

"湖学"一系列的改革创新，像逆行的风标，纠正了社会的弊病，一批批学有专长的人才脱颖而出。如长于经义之学的孙觉、倪天隐等，长于政事的范纯仁（范仲淹之子）、钱公辅等，长于文艺的钱藻、滕元发等，长于军事的苗授、卢秉等，还有长于水利的刘彝等人，为大宋王朝的长治久安输送了很多精英。宋庆历四年（1044），范仲淹推行新政，也效法湖州的办学经验兴办了一所中央太学。

"湖学"的这面大旗飘扬，充分显示了胡瑗的文化担当，有担当的人才能走得更远，影响更大。宋皇祐二年（1050）十一月，朝廷再次诏用胡瑗更新雅乐。皇祐四年（1052），胡瑗被任命为国子监主讲。嘉祐元年（1056），64岁的胡瑗晋升太子中舍暨天章阁侍讲，成为当朝太子的导师，同时兼任太学协助博士的考教训导与执掌学规，事业达到了巅峰。

此时的胡瑗身份极高，却始终保持谦和的儒风。他常与学生切磋交流，在校园里形成了一种"沈潜、笃实、醇厚、和易"的学风。当时的受教者包括皇室储君、众多知名学者及礼部中的近半官员，胡瑗深得学生与朝中上下的敬重，被视为一代宗师，被宋神宗称为"真先生"，与孙复、石介并称宋初三先生，开创了宋代理学先河。

胡瑗被王安石誉为"天下豪杰魁"，被范仲淹遵为"孔孟衣钵，苏湖领袖"。文学大家苏东坡更曾写下赞颂他的诗句："所以苏湖士，至今怀令古。"

胡瑗备受世人尊重，南宋宝庆二年（1226），泰州知州陈垓在泰山南麓建安定书院，这里两度留下泰州学派创始人王艮充满哲思的讲学。清光绪二十八年（1902），泰州知州侯绍瀛在安定书院旧址兴办学堂，后来几经演变这里成了全国名校江苏省泰州中学。

现在的省泰中，琅琅书声不绝。作为一所坐落在长江、淮河之滨的百年名校，泰州中学培养了大批服务泰州、报效九州、胸怀五洲的优秀人才，泰州中学的发展历程正是泰州地方文脉的传承缩影。"明体达用"也与时俱进，演变为校训，要求学生"明做人之理，明做事之理，明学问之理；成合格之才，成顶用之才，成栋梁之才"。

我站在蝴蝶厅前凝望、怀想，胡瑗"白衣而为天下师"三十多年，其"立学教人"的主张刷新了时代。他的"苏湖教法"，根在泰州，施行于苏、湖，后旅行于京师太学，并经皇上批准，在全国推广。他一生为文教事业鞠躬尽瘁，影响至今，辐射了千年历史，谱写了中国教育史上的华彩篇章，也令泰州儒风冠淮南，不就像一只扇动翅膀的蝴蝶吗？不禁为这种巧合而鼓掌。

当年由胡瑗先生亲手栽植的银杏，历千年风雨而根深叶茂，似乎也见证着胡瑗儒教文风的蝴蝶效应。这样的蝴蝶效应也将激励海陵人民，不断进取，走向更加美好的未来。

2020 年 5 月

崇儒祠走笔

泰州热闹的五一路上，有一座安静的园子——崇儒祠，青砖黛瓦，古朴雅致。旧《海陵竹枝词》云："稚子编篱叟荷锄，崇儒祠畔晚晴初。菜花满地东风软，醉煞游人酒不如。"盛赞崇儒祠有"小桃源"之境。

其实，崇儒祠何止是"小桃源"，祠中祀奉泰州学派创始人王艮，其所言"百姓日用即道""即事是学，即事是道""人人即君子""圣人不曾高，众人不曾低"……如黄钟大吕，惊世骇俗，成为一座哲学的高峰，可谓"大桃源"的境界。

腊月的一天，我在五一路的建设银行办好事，特意去崇儒祠拜谒。

崇儒祠始建于明万历四年（1576）四月，由当时督学泰州的耿定向倡议，知州吴道立主持兴建。如今的祠堂前后四进，泰式明清建筑，不大，但玲珑精致，经过岁月的洗礼，依然保持了原先的古色古香，宁静深远。

冬日暖阳朗照，"乐学堂"前的桂花树上，一片葱茏耀眼，枝繁叶茂的桂花树已高过屋檐，开过多少花，香过多少人，正如王艮对后世的影响，估计谁也说不清了。对面一棵松树，直插云霄，细密的松针，绿中透黄，生机勃勃。松树的高大挺拔与不屈不挠，辉映着一个高贵的灵魂。

走在崇儒祠里，就像走在王艮的人生丛林，跟着先贤的步履，山一程水一程，风一更雪一更。

泰州自古三水交汇，大海涌涌，大江滚滚，大河滔滔。气势磅礴的水，波澜壮阔的水，浩浩汤汤的水，数千年涵养、润泽着这片广袤的大地，创造了璀璨的文化，成就了一只展翅腾飞的"巨鸟凤凰"。

王艮（1483—1541），泰州安丰场（今江苏东台）人，在巨鸟凤凰的地方长大，无疑是幸运的。虽然出生在一个贫苦的盐丁之家，但这并不妨碍他日后成为闪耀历史星空的杰出人物，王艮的血脉里已融进了三水的激越、笃实与智慧。

因为家贫，父母便给他起名叫王银，希望自己的孩子不要受苦。即使穷得揭不开锅，开明的父母仍送王银读了四年的儒家经典，这为王银后来求学治学奠定了坚实的根基。然而命运并不因生活困顿而照拂有加，11岁那年，王银便辍学成了一个盐丁。盐场八年，"拮手裸体，劳筋苦骨"，白闪闪的盐，像一把利刃发出的寒光，深深烙印在少年王银的心里。改变自己的命运，或许从那时就有了小小的萌芽。

19岁那年，王银跟随父亲去山东贩盐经商，他很珍惜这样的机会，勤于动脑，赚得了人生第一桶金。苦尽甘来，王银并未沉溺于丰衣足食，而是崇儒家，拜孔庙，谒孔子。在他心中，孔子就如一轮高居天宇的太阳，"夫子亦人也，我亦人也。圣人者，可学而至也！"王银懵懂的世界似乎一下开了窍，做孔子一样的人成了他孜孜以求的人生目标。从此，泰州大街上再也看不到以贩盐起家的王银，而是一个头戴五常冠、身穿深衣大带、手执笏板并"言尧之言，行尧之行"的闹市奇人。

明中叶，王阳明在陆九渊、陈献章一系的基础上发展心本论思想，提出以"致良知"为核心的心学思想体系，强调个体意识的重要，积极追求个性解放，成为与程朱理学分庭抗礼的另一儒学门派。程朱理学的独尊专制，导致了思想僵化，阻碍了社会意识的更新和创造，从庙堂到民间，弊端四起。独具慧眼的王银遂拜阳明为师，从而向求圣之路迈出了重要一步。王银因"时时不满师说"，故常与师争论，且"反复推难、曲尽端委"，甚而独创"淮南格物说"，一时出类拔萃，激越、笃实、智慧——泰州三水所孕育的进取精神，在他身上得到淋漓尽致的展现。王阳明也喜欢上了这个常常与他争得面红耳赤的弟子，并且在王银身上看到了自己年轻气盛时的影子。为让王银沉潜问学、埋首治学，他替王银改银为艮，取《易·艮卦》"艮，止也"之义，并命其字为汝止，希望他行止得当，动静适时。师从阳明近十年，卓尔不群的王艮深得心学精髓，学问精进，而成为阳明最得意的及门高弟，阳明甚至对众门下说："向者吾擒辰濠（平定宁王之乱），一无所动，今却为斯人动矣。"

足见他对王艮赏识之重、青眼有加。

明嘉靖二年（1523），王艮自制"蒲轮"，仿孔子，入京都，沿途讲学，轰动一时。正是这份勇猛使得王艮的学术思想逐渐流传，并由此催生出蹊径别开的"泰州学派"。嘉靖五年（1526）、十三年（1534），王艮两次受邀，主讲于泰州安定书院，宣讲"以身为本"之思想，播传"百姓日用即道"之观点，求学者络绎不绝。这些思想的火花，比阳明心学更为宏大幽远，也让泰州学派青出于蓝。

"百姓日用即道"，是王艮提出的最朴素的哲学命题。立足于"百姓"，立足于"日用"，就像地里长庄稼一样真实自然，普通平常。饥食渴饮，夏单冬棉，孝顺父母，友爱兄弟……烟火世间，无一时一事不蕴藉其理。这一划时代的命题，挑战了封建专制，唤起人们沉睡的灵魂，继而成为中国启蒙教育的先声。

追溯了这座哲学高峰的诞生，真切地感受了先贤的不平凡与伟大，内心充满了无限的崇敬，思绪翻飞，甚觉脚下这片土地的钟灵毓秀，人杰地灵。

毋庸置疑，"百姓日用即道"是以人为主的哲学观点，而科学发展观的核心思想亦即"以人为本"，这不由得让我们惊叹两种思想如此相通，海陵大地如此神奇，泰州先贤如此通明。五百年前的风雅泰州，在王艮泰州学派的引领下，已先一步进入幸福通道。当历史的巨轮行进至习近平新时代中国特色社会主义思想的新里程，泰州，这座厚重沉雄的古城澎湃出青春的激情，她的人民用智慧与汗水刷新着历史。难怪今日之泰州，物阜民丰，政通人和，早上"皮包水"，晚上"水包皮"，一切皆在和谐中进入梦乡，这不就是人们心驰神往的"大桃源"吗？

学问有本，直造圣人之微。

俎豆无穷，足徵君子之泽。

先觉堂里的这副对联是后人对王艮最好的礼赞与崇奉。

出了先觉堂，右拐来到西侧的小园子，有豁然开朗之感。蔚蓝的天空，纯净如洗，就如先贤的开悟。园子里曲径回廊，修竹疏草，溪水清流，假山石桥，错落有致，拱月般围着王艮的一尊立像。立像由青石雕琢而成，左手握书，右手作指点江山状，风采奕奕，自在悠然，格外高远。他当欣喜于数百年后的当下，市井琳琅，舟车辐辏，因为这无一不是"百姓日用即道"思想的遍地开花。

王艮，一个烧盐工，成长为一代大儒，在中国哲学和思想史上独立高标，不仅改变了自己的命运，也改变了众人的命运，恩泽后人。泰州学派，"因地而名"；泰州王艮，"地因人闻"。而"王泰州"，独树一帜的称谓，如一枚极简的标志，在华夏沃土筑起一座精神的丰碑，令世人景仰。

大美泰州，美在王艮，美在和谐。

2019 年 10 月

一代宗师的奇崛人生

"南濠渔唱",是清咸丰年间驻泰州的两淮盐运使乔松年,对城南打鱼湾美景的吟诵。"南濠十里比湖光,多少渔翁打桨忙。晚唱忽闻声欸乃,高踪真在水中央……"

时间往前推200多年,明万历十五年(1587),打鱼湾一户人家生了一位男童,名曹逢春。

曹逢春面色黧黑,满面疤瘤,十足的丑娃,谁也不看好,谁也不相信这丑娃将来会有什么出息,不过在父母眼里丑娃也是个宝。

时光飞逝,曹逢春茁壮成长,虽然蛮横凶悍,不讲道理,却也有英雄情结,极喜欢看稗官野史中锄强扶弱、除暴安良的故事。糟糕的是15岁那年,曹逢春一不留神成了少年犯,且犯法当死,急得曹氏夫妇上下打点才得以开脱。

家不能待了,曹逢春怀揣一本"稗官野史",连夜逃离泰州城,一路向西,又一路向北,流浪到了盱眙。

盱眙,时属安徽泗州的一个偏远小镇,民风淳朴,曹逢春不再战战兢兢,时常于闹市中听人说书唱曲。眼见盘缠日渐减少,曹逢春着急起来,父母鞭长莫及,自个儿得养活自己。

每日里耳濡目染,曹逢春迷上了说书人的口若悬河、眉飞色舞,时常在居所里模仿,乐在其中。

或许是喝凤城河水长大的少年,机警中不乏斗气。跃跃欲试的念头一闪,曹逢春眼波一转,嘴角已笑意盈盈。一夜兴奋无眠,曹逢春早早起床,收拾好自己,把烂熟于心的稗官野史统统梳理一遍,迎着朝阳而去。

"各位看官",随着一声响亮的吆喝,人越聚越多,曹逢春像是"人来疯",愈加放开自己,举手投足间如贴上了各种表情包,生动、逼真,盱眙人为之倾倒。5 年过去了，舞台的历练，令曹逢春深感艺无止境、山外青山楼外楼的道理，他决定寻访名师。暮春时节，他南下来到安徽敬亭山。

敬亭山风光秀美幽静，某日说书后，曹逢春醉卧山下，倚柳而息。阵阵风儿吹来，柳叶拂面，摇摆不停，仿若将一份孤独、不安拂进他心里。

斜睨着柳叶，曹逢春感喟起自己的人生如柳絮飞舞，个中滋味唯独自品尝。他陷入了沉思，为从前的浑浑噩噩流下一行清泪。

曹逢春双手合十，面向东南深深两躬，愧对父母一躬，愧对乡人一躬，完成了灵魂深处的蜕变。他抚柳突发奇想，萌发了改姓更名、重塑人生的念头，慨然长呼："我今姓柳矣，即号敬亭！"

从敬亭山下来，柳敬亭步履轻松，邂逅了当时的艺界名人松江莫后光。师徒二人仿佛确认过眼神，一个"执鞭"，一个"奋蹄"，柳敬亭说书的技艺突飞猛进。当他三赴松江，莫老先生也被惊到了。

"目之所视，手之所倚，足之所跂，言未发而哀乐具乎其前，仿佛忘己事忘己貌忘座有贵要，忘身在今日，忘己何姓名，于是我即成古，笑啼皆一。听者恍然若有见，恤然若有亡，人之性情不能自主。"说书人和听众都进入一种忘我的境界。柳敬亭艺术的小宇宙爆发了。

得到恩师的首肯，柳敬亭开始闯荡江湖，足迹遍布苏州、杭州、扬州。数十载，执掌风云，品评六代，声名鹊起。在明朝灭亡前夕，他来到留都南京。

山河将破，六朝金粉的南京城依旧清客名士荟萃，歌舞升平。柳敬亭凭借圆融精湛的艺术，大展头角，一时间"华堂旅会，闲亭独坐，争延之使奏其技，无不当于心称善也"。

在南京，柳敬亭不仅誉满艺坛，而且声闻政界，随后被友人推荐给了大将左良玉。

左良玉，一介武夫，骄横跋扈，拥兵自重，怎会把一说书人放在眼里？！

柳敬亭一到军中，即被引到长刀密布、利剑出鞘的酒宴。面对钢刀闪闪、利剑萧萧，柳敬亭旁若无人，从容入座，开怀畅饮，妙语横生，时时向左良玉索酒，活脱一个单刀赴会的明末关云长。

左良玉暗暗称奇，只觉相见恨晚。

在幕府，柳敬亭最喜欢演说秦汉风云、隋唐烟月。每夕张灯高坐，他与左良玉相对，历代兴衰际遇、风云人物信口拈来，在诙谐笑谈中深寓富贵不能淫、威武不能屈，深得左良玉的欢心。

明崇祯十六年（1643），柳敬亭随左良玉入武昌。不亲文墨，也无意与文人幕客一争高下的柳敬亭，凭机趣爽朗的片言只语，言必中、计必成，成了左良玉的心腹谋臣。虽然得势，柳敬亭从不骄人，且常为军中人排忧解难，侠肠义胆。

一次，左良玉的爱将陈秀因有过失，左良玉欲将其处死。柳敬亭得知后，心生一计，借故饮酒不尽兴，请君侯取些奇物珍玩出来欣赏。

左良玉拿出两幅心爱的画像，得意地介绍起来。其中一幅，左良玉身着道袍，拄杖而立，一派遗世独立，身边跟随几个童子，最靠近的便是陈秀。

柳敬亭一边夸耀，一边佯装不知，问这童子是谁。

"唉，陈秀，平素最喜欢的一个，可惜这孩子犯法要被处死了！"

"这孩儿一时糊涂，辜负了君侯，理应处死，死不足惜。唉，只是君侯不但要失去一个亲信，这幅画也少了一个重要人物，从此将残缺不全，太可惜了！"

一番对答，左良玉若有所悟，长叹一声，赦免了陈秀。消息传开，柳敬亭更得军中将士的敬重。

只是好景不长，崇祯十七年（1644），明朝的丧钟敲响。国之不幸，人之不幸，战乱后的柳敬亭流离失所，一贫如洗。

他怀着亡国亡友之恨，重上街头，坚持身着明装，蓄留头发，一把纸扇，一块醒木，评说兴亡。江左大家吴伟业曾云："只有敬亭，依然此柳！雨打风吹絮满头。"

寂寂长夜，凄风苦雨，恰似一首《凉凉》，而柳敬亭对艺术的追求并没有懈怠。

清康熙元年（1662），柳敬亭应邀北上。76 岁的老翁，耳聪目明，口齿伶俐，神采奕奕，谈奇说怪，悲壮雄沉。舞文弄墨的饱学之士聚集一起，听柳老说书，纷纷吟诗作赋。柳敬亭名动京城，拜师学艺者接踵而至，他赢得了晚年艺术生活的辉煌。

打鱼湾出生的丑娃，历经坎坷，在苍茫的世间，穷其一生，服务大众，慷慨仁义，温暖故里人心，犹如一颗不落的星辰高挂天幕，成为中国说书艺术史上的传奇，堪称一代宗师。

2017 年 5 月

"梅骨铮铮" 爱国情

　　"逆风如解意，容易莫摧残！"热播剧《甄嬛传》里的一句台词，是唐崔道融《梅花》诗里的一句。甄嬛借梅喻己，那一幕唯美动人，印象颇深，我因之对梅有了无尽的期许。

　　那年，一冬无雪，年味寡淡，不曾想到了初八，天上纷纷扬扬飘起雪花。望着窗外飞舞的小精灵，我有了踏雪寻梅的念头，离家最近的是梅园，我推开门，一头钻进雪幕中。

　　梅园是梅兰芳先生的纪念馆，先生祖籍泰州海陵。1956 年春，梅先生偕夫人福芝芳与幼子梅葆玖一起回泰祭祖，并进行访问演出，盛况空前。相邻的南通、盐城的戏迷，纷纷带着铺盖来泰州，有"万人空巷看梅郎"之说。

　　入得园内，梅先生的一尊汉白玉塑像在灰蒙的天空下，庄严凝重！因急于寻梅，我匆匆一瞥，一路小跑到梅苑区。但见梅树一丛丛、一列列临河而立，枝头万千的朵儿，正饱胀着艳丽，在凛冽的寒风中翘首以待。

　　清冽的梅香阵阵袭来，风直往骨子里钻，手冻得僵硬起来，手机拿不稳，横竖拍不好照片，心里腾地涌起对寒梅的敬佩！梅，何曾惧过北风的摧残？！崔诗人借梅叹人生似乎找错了对象，甄嬛在以后的人生历练中也从不言败。

　　我满意地往回走，顺道参观了梅史陈列室，陈列室分为 5 个展区。我平日里只了解梅先生高超的艺术成就，却不知梅先生更高的民族气节，在"梅骨铮铮"展区，我深深被先生的爱国精神所感动。

　　1931 年，日本军国主义发动"九一八事变"，东北沦陷，又把魔爪伸向华北。眼看北平不保，河山将吞，梅先生扼腕叹息。为了不当亡国奴，他从北平举家迁到上海。

　　在上海，他主持编演《抗金兵》和《生死恨》。《抗金兵》讲述南宋女英雄梁红玉抵抗金军的故事。《生死恨》讲述敌占区人民痛苦的生活和反抗。两出新戏，像两声呐喊，喊出了先生的爱国之情。

1937 年 7 月 7 日，日本侵略者制造了震惊中外的"七七事变"，不久占领上海，白色恐怖笼罩全城。为了粉饰太平，宣传无耻的胜利，日军派流氓头子吴世宝来"请"梅兰芳去电台播音。

面对吴世宝的威逼恐吓，同道们都为梅兰芳捏一把汗，而先生毫无惧色，心里早有了打算，他推说要到香港、内地巡回演出。是夜，先生携家率团毅然离开上海到香港，巡演结束后留了下来，并决定不再露面，不再登台演出。

平静的日子过了几年，日益嚣张的日本鬼子在 1941 年底攻占了香港，到处寻找梅兰芳，要求演出，以表现日本统治香港后的繁荣。

梅先生想："躲是没地方躲了，可我绝不为日本人唱戏！"于是，他蓄须明志，拒绝日本司令官酒井的邀约。

翌日，梅先生感到事态严峻，香港也成了是非之地，不能久留。于是，梅先生立即坐船返沪，回到阔别三年多的上海老家。日伪政权多次请他，梅先生宁可卖房卖画度日，也绝不肯在日本侵略者的刺刀下登台。

一次，日军庆祝"大东亚圣战"一周年，派人叫梅兰芳必须作一次慰问演出，如果不演，军法处置！梅先生得知后，心里一震，随即想出应对的法子，冒着生命危险，密请一位医生一连给自己注射三支伤寒预防针。平时，只一针，人就发高烧。这次先生要求接连三针，结果高烧不止，体温达到 42℃。日军军医登门检查，看到先生盖着厚厚的被子，烧得迷迷糊糊的样子，只好作罢。

14 年抗日，在黑暗中挣扎的中国人民终于迎来了曙光，1945 年 8 月 15 日，日寇投降！梅兰芳高兴地流下了眼泪，笑着对夫人说："天亮了，这群强盗总算完蛋了！"

几个朋友喜气洋洋地来到梅家共贺，只见梅兰芳身穿新衣，精神焕发，手里一把纸扇遮住半个脸。

"梅先生，您一定剃了胡子，对吧？"

梅兰芳潇洒地把扇子一收，露出刮了胡子的面孔，说："抗战胜利了，我要重返舞台了！"

一阵紧密的小锣响过，温婉妖媚的杜丽娘，迈着轻盈的步子，一个亮相，前一秒的安静被后一秒雷鸣般的掌声淹没。

上海美琪大戏院里，梅兰芳饰演《游园惊梦》中的杜丽娘。梅先生圆润、宽广、甜脆的嗓音，像荷叶上的颗颗露珠，悠来荡去，饱满晶莹，透着朝霞的七彩，迷幻了人眼，迷醉了人心。

观众的喝彩如潮水一般，澎湃而来。人们就是要看八年不给日本鬼子唱戏，如今刮了胡子的梅兰芳！

8 年拒演，以其大美对抗大恶，于无声处唱响了一曲中华正气歌，在天地间永久回荡。

至此，我才明白，梅园不是因为先生姓梅遍植梅树，而是先生恰似一支傲雪的寒梅，他看得见悬崖百冰，不惧北风的摧残，坚守心中的春天，先生的傲骨和梅骨相得益彰。

我回到雕塑前仔细端详，先生的双眸凝视前方，俊雅清朗，左手把卷，右手执扇，微笑着，迎向飞雪，是那样的平静而深邃。

2017 年 10 月

第四辑　水韵海陵

　　我的后花园，一个厚重，像远方；一个闲逸，像诗。徜徉其中，自感风雅十足。

我的后花园

我居海陵 10 余年，新近搬了一次家，最开心的是两处都有后花园。

一处偎依凤城河，离望海楼几步之遥。望海楼，雄伟壮观，素有"江淮第一楼"的美名，也是中华文化的一处重要高台。

望海楼始建于宋朝，历尽沧桑。高台之上，依稀听闻王艮、郑板桥、施耐庵、柳敬亭等本土乡贤心怀高远的畅谈。

望海楼西的文会堂，曾高堂雅聚，把酒唱和，一句"君子不独乐，我朋来远方"孕育了范仲淹忧乐思想的萌芽。堂前一棵"五相"树，五干同根，意指晏殊、范仲淹、富弼、韩琦、吕夷简五位名宦，先后在泰州任职后升迁为相，挥毫泼墨中，留下文昌北宋、名城名宦交相重的佳话。

南山寺塔与望海楼咫尺辉映，夕阳西下，巍巍南山寺塔倒映凤城河，如一支大毫，微风如墨，挥舞出别样涟漪。常有幸听闻南山寺的晨钟暮鼓、梵语经声，一股清宁浸润在心。

这股清宁，弥漫到对岸，被柳园之柳添了一份摇曳。柳园是评书评话大师柳敬亭纪念馆，"海陵后八景"之一"南濠渔唱"所在地。曾经垂杨芦荻，夹岸傍水，渔船夜泊，鸣榔互答，景色很是优美。如今，嘉木葱茏，垂柳芦花，书写着柳敬亭奇崛的一生，风物更胜当年。

三水湾在柳园之东，黑瓦白墙的古建筑群，簇拥着凤城河弯进来的一泓碧水。词意幽缈三水湾，是本土作家严勇老师对三水湾最好的概括。

我喜欢沿三水湾的一条小径漫步，遥望一水之隔的桃园。桃园陈庵，300多年前，孤盏青灯，伴着官场失意的孔尚任，创作出古典戏曲中的杰作《桃花扇》。孔尚任因朵朵桃花华丽转身，泰州因孔尚任多了一份娇艳。梅园紧邻桃园，是梅兰芳纪念馆，馆内傲雪的寒梅年年烂漫，写意着梅先生的德艺双馨。

柳园、桃园、梅园，泰州的"戏曲三家村"，成就了中国独一无二的文化景观。

夜色下的凤城河，灯影婆娑，波光潋滟，夜鹭低飞，如梦如幻。

凤城河，泰州一条古老的护城河，千年的风吹过，波澜不惊，是小城历史文化的命脉。望海楼、南山寺、柳园、桃园、梅园，是命脉上最灵动的五颗明珠，成了我晨练或休闲的好去处，兜一圈回来，不但神清气爽，还濡染了一份厚重。

新居东临凤凰河，南对周山河，周山河贯通了天德湖，可谓三水我家绕。

2月21日下午，新冠疫情解禁，第一时间我们一家三口步入天德湖公园。园内几乎没碰到人，我们悄悄摘下口罩，呼吸着新鲜空气，悠然自得。

鸢尾冒出新叶，杨柳吐着嫩芽，二月兰优雅盛开。在通往玫瑰园的景观道口，一只小松鼠尾巴翘得老高，在路中央东张西望，是在觅食吗？我们放慢了脚步，小松鼠浑然不觉，或者是旁若无人。待到跟前，能看到两只黑闪的眼睛时，它才敏捷地跳走了。与小松鼠打这样的照面，平生第一次，我们仨开心之极。

两只栖息的白鹭，倏忽展翅，凌空而去，惊得一边的水鸭急遽划出笔直的水道，像神行太保八百里急驰。扑扑的声响，又引得树上的三五只鸟儿腾的一齐飞远，颇像"月出惊山鸟，时鸣春涧中"。

一群小生灵打破了园子的寂静，萌动出生生气息，也给了我们宅居一月以来最大的欣喜，我们直叹人与自然和谐的美好。

追着白鹭的身影，宽阔的天德湖尽收眼底，波平如镜，浩浩渺渺。一道残阳铺水中，远处城市的高楼如一首首宋词小令缱绻湖面，又有了"落霞与白鹭齐飞，春水共长天一色"的美妙。

早春二月，梅花正当令，我们一路寻到松竹梅"三友观翠"处，但见一大片梅林嫣红如云，暗香袭来，沁人心脾，着实体验了一把"人面梅花相映红"的情趣。

天德湖公园是城市绿肺，占地超过1500亩，以叠山理水的手法造园，秀美大气。因为18：00要闭园，我们沿湖只逛了一半。此后的日子，我常常入园，享受一湖春水、两岸繁花、满园啁啾的美景。

　　我的后花园，一个厚重，像远方；一个闲逸，像诗。徜徉其中，自感风雅十足。身处小城，何其幸运，择一座城终老，唯愿是海陵。

2020 年 4 月

去纯垛，感受至纯至真的美

我在水乡小镇长大，但鲜有机会进入水乡腹地，更不知进入腹地会有什么感觉。深秋的一天，我随海陵区作协去纯垛采风，终于如愿。

汉港，像是纯垛的门户。一片自然开阔的水域，村支书说，一直没动过的河，百年来，安安静静地流着从前的水。放眼望去，汉港似一幅水墨画。烟树农舍下，黝黑的河滩，波光粼粼的水面，数叶扁舟上，捕鱼人在扳罾推网。他们是在捕从前的鱼吧！我想，这些出水鲜一定鲜美无比，因为蕴藏着岁月的滋养。

天高云淡，金色的稻浪，不时从眼前滚过，给深秋的纯垛描上了浓墨重彩的诗行。在一个路口，两只大白鹅，突然伸长脖子，嘎嘎叫着，追着汽车而来，一下子唤醒了儿时的记忆。小时候胆小，怕鹅，怕它扁阔的嘴咬人，老远看到扭头就跑。幸好刚刚在车里，要不然会不会出洋相？不禁莞尔。

乡野的路，不宽。我从未见过长得这么高的狗尾草，和车身齐平，着了金黄，戴着凤冠，一丛丛，葳蕤在路边，一路擦着车窗，发出沙沙的声响，不似风铃的脆响，却一样动人心怀。

从前，斗蟋蟀，在一个广口的玻璃瓶里，两只慵懒的蟋蟀，我用细小的狗尾草来回挑逗，才会看到激烈有趣的角逐，所以我对狗尾草格外亲切。同行的老师，更是忆起了儿时在田野打弹弓、掏螃蟹的种种乐趣。

一个男孩、女孩可以撒野的地方，已经离我们很远，而在纯垛，好似散落的珍珠，被一一拾起。

驻足藕塘，满目的枯荷，静立低敛，别有风骨，没有消沉，但见厚重。因为也曾小荷才露尖尖角，也曾映日荷花别样红，纵然枝枯叶残萧瑟起，仍留枯荷听雨声。更何况枯荷下，还有生命在律动，那肥硕的莲藕，据说是纯垛的一宝，正等待着一场丰收的喜悦。

远眺，一块块垛田，宛在水中央，最灵动的要数散养"纯垛飞鸡"的那块。时近中午，但见鸡儿在水边悠闲地饮水，三三两两地踱步。听说高高低低的树丫，淘气的飞鸡当作了酣眠的安乐窝。这纯天然的饲养，让"飞鸡"成为纯垛的另一宝。

　　毗邻的蟹塘，稻蟹套养，好比合作共赢，稻美蟹肥，前途无量。螃蟹是纯垛的第三宝，清凌凌的水养出了个大、肉美的螃蟹。

　　纯垛三宝，是纯垛的经济基础，一个比一个来事，当然最来事的是纯垛人。为了发展乡村旅游，村里买了一条游船，热情的村支书亲自掌舵，带我们驶向水的深处。桥，老树根，零星的菱盘，捞水草的农妇，洗虾笼的农夫，近处的鸡鸣，远处的狗吠，和我们融在一起。俨然，我们也成了稼穑清波里的农人。水连天，天接水，水天一色，无限阔朗，不时有鹭鸟飞翔、野鸭点水。芦花，擎着素心作证，每一处都氤氲着湿漉漉的水韵，涤荡心灵。

　　水声汩汩中，村支书介绍了纯垛地名的由来。

　　纯垛古代叫作潼头庄，相传为一个童姓地主而得名。斗转星移，潼头庄慢慢发展成童姓和杨姓两大家族。童姓地主一贯为非作歹，称王称霸，庄上百姓无不恨之入骨。几位德高望重的乡贤为纯洁乡风，扫黑除恶，共襄义举，将"潼头庄"更名为"纯垛"，沿用至今。

　　河风送爽，美丽的传说在水波上荡漾。原来，纯垛之名，也是一道风景，浸润着深意。

　　从纯垛带回的玉米，剥去外衣，样子有点粗陋，颗粒不十分齐整，但紧致，夹杂着黑红、浅紫二色，与平时见到的不同，清水一煮，饱满盈润。我尝试着咬了一口，没想到就像是"傍林鲜"，鲜甜醇香。平时嫌麻烦的老公，也禁不住拿起一根吃将起来，不住地点头。

　　在纯垛，所有的遇见，都像是纯垛人捧出的一颗初心，至纯至真，让人赞叹。美哉，纯垛！

2019 年 10 月

"皮包水"中的尘世幸福

位于长江、淮河和大海三水交汇的泰州，性格中一直融有江、河、海的特质，激荡中不缺坚韧、平和，这样的性格造就了泰州人的不争不抢、不慌不乱，淡然中惯于领略生活的美好。

中世纪，意大利旅行家马可·波罗游历泰州，策马离开时就感慨："这座城不大，但各种尘世的幸福很多！"早上"皮包水"，算是一个。

何谓早上"皮包水"？就是三五知己或一大家子，一早要做的第一件事是携手去茶楼喝茶、吃早点。

一壶上好的龙井，配上一盘烫干丝、一碗鱼汤面，再加上一笼蟹黄包，慢条斯理地喝，慢条斯理地吃，慢条斯理地品，这早茶，在晨曦中开始，许要吃到中午才结束。

茶是翠绿碧清的，玻璃杯里芽芽直立，幽香四溢。

烫干丝，五味的最佳。

朱自清先生曾在一篇文章里详细描述过烫干丝的制作过程。

先将一大块方的白豆腐干飞快地切成薄片，再切为细丝，放在小碗里，用开水一浇，干丝便熟了。滗去了水，抟成圆锥似的，再倒上麻酱油，搁一撮姜丝和干笋丝在尖儿，就成。

说时迟，那时快，刚瞧着在切豆腐干，一眨眼已端来了。先生描绘得传神，不过他笔下的干丝是清烫干丝，若加上肴肉丝、虾米、榨菜丝、香菜以及花生米这些元素，口感便在咸、鲜、香、甜、辣这五味中驰骋，那味道堪称一绝。

泰州人对干丝的钟情，一个"懂"字值千金。你懂我的味觉，我懂你的期待，两情相悦，天上人间只有你我。味蕾掀起的爱意，如鸟投林，那一叠厚厚实实的小山，卿卿我我间夷为平地。

一年四季，这碟打动人心的菜品，让泰州人的生活充满了温情闲逸，冠上了"慢生活"这三个字，便也吸引了无数的外地人。

走在泰州的大街小巷，早茶店随处可见，有的在街口，有的在深巷，各有各的情调。再忙的泰州人，早上一碗鱼汤面是必不可少的。

鱼汤面考究的是鱼汤。原先我家附近有一早茶店，天刚麻麻亮，店老板已在门口燃起炉火，支上大锅，用野生鳝鱼的骨头、小鲫鱼、大猪骨葱姜煸炒，以大火慢慢熬制。热气腾腾中，隔街都能闻到阵阵香味。

这边客人一落座，那边店老板就快速将分好的一小把跳面放进另一只大锅，搅动两下，面条在沸水里上下滚动，不出两分钟，抄起来放入备好的鱼汤中，撒些小胡椒和蒜叶，顷刻间端到客人面前。叉着鲜滑的面条，喝着醇厚的鱼汤，一天的精气神都有了。

"五一"小长假，按惯例，一大家子去老街"皮包水"茶楼吃早茶。

一进入大厅，交谈声、寒暄声此起彼伏。人人眉宇舒展，笑容可掬，若春天的一幅画卷。

每人一盘烫干丝，唤醒了沉睡一夜的味蕾。

因为过节，父亲特意点了蟹黄汤包。蟹黄汤包是江苏传统小吃，以泰州靖江的最为有名。只只汤包，美白如雪，皮薄如纸，稍一动弹，便可看到里面的汤汁在轻轻晃动。吃汤包很有讲究，所谓"轻轻提，慢慢移，先开窗，后喝汤"。

据传当年乾隆皇帝微服到靖江品尝汤包不知道这些讲究，汤包一上桌，小孩子似的抓起一只就咬，一股汤汁直射而出，烫得他手足无措。汤汁烫了嘴，溅到了衣袖上，皇帝居然不舍得丢下，还想吮吸溅到袖子上的，结果汤包里的汁水甩得半后背都是，留下"乾隆吃汤包甩到半背"的笑话。

显然，汤包味道之美，全在于汤汁。汤汁是做汤包的重要一环，据说这种汤汁制作工序烦琐，有三十几道之多，由新鲜上等猪皮、散养老母鸡、猪膀骨熬成的胶冻，一经加热，融为汤汁，全部浸入了馅料里，不稠不腻，鲜美之极。

一家人低头认真做着"先开窗，后吸汤"的动作，那美妙、奇特的品尝过程，有点像从"不识庐山真面目"读到了"诗酒趁年华"。孩子们忍不住吃吃地笑，那笑在"皮包水"的催化下尤为生动。

嫂子很喜欢"皮包水"，每次从南京回来，我们姐妹四家，连同父母，少则十二三个，多则十七八个，浩浩荡荡地吃早茶。虽然滋味很重要，此时此刻已逊色于一家人的谈笑风生。我们额外点了各色包子、蒸饺，鱼汤面也打包一份，给嫂子带回。每次带着泰州的温度，嫂子直接开车到她父母家，两位老人，一开门，眼睛就直勾勾地盯着嫂子手上拎着的"皮包水"，像馋嘴的小孩一般，笑了。"皮包水"担任此项"外交"任务已多年。

离开茶楼时，又一拨人替补了上来，如同岁月的更替，不能更替的是彼此的寒暄和亲情的弥漫，那是百姓烟火日子的主旋律，何尝不是人生的主旋律！

2017 年 5 月

我的家乡，你远道而来的风景

40 年前，我 10 岁，扎着羊角辫，天真地对母亲说，要是我们住在泰州就好了！

18 里外的泰州，在童年稚嫩的眼里，既热闹又好玩，是里下河水乡孩子们神往的地方，印象最深的是泰山公园，公园就像今天的"迪士尼"。

"泰山"是公园的主体，孩子们总喜欢一溜烟地冲上去，登高远眺。然后再冲到公园西北角的动物园，看打闹的猴子、憨厚的狗熊、开屏的孔雀，开怀大笑。

那年头，水乡的孩子，除了玩泥巴、打水仗，根本寻不到公园里的那些快乐，所以一有机会到泰州，我必缠着大人去泰山公园。

其实，那会儿的泰州并不大，有一句顺口溜很形象："一条大街两栋楼，一个公园两只猴，一位警察管两头。"一条大街指的是老海陵路——坡子街，两座楼说的是北头的中百一店和南头的人民商场，公园则是泰山公园。

南宋绍兴十年（1140），泰州知州王璲疏浚城河，垒土形成高五丈、周一百二十丈的高地。泰州一马平川，能有这样的高地，难得，人们遂以山为名，称为"泰山"。

历代知州在泰山造景建祠留下佳话，最传奇的要数岳飞用锅巴覆于山上，鸟雀啄飞城外，吓退金兵的故事。泰山也因此称为锅巴山、岳墩。"岳阜晴云"成为海陵后八景之一。

儿时不懂历史，因着那些少有的快乐，一样把泰山看得很重。

当羊角辫变成飘飘长发，我一袭红风衣在公园小西湖边斜倚柳树的照片，寄往在部队的男友，同室战友纷纷艳羡，小西湖成了爱情的一次纽带。后来，我离开小镇，随军到了部队，2006 年随爱人转业到泰州，竟实现了儿时的愿望。

我走在熟悉而陌生的城市，喜悦中夹杂着惊奇。

宽阔的马路纵横延伸，高楼林立。

承载着童年梦想的泰山公园大变样，之前的围墙不见了，开敞式新门楼飞檐翘角，掩映在绿树丛中，古朴大气。

开阔的广场上，一老者，白衣白裤，气质儒雅，正挥着斗笔在地块上练字，一排偌大的"泰"字遒劲饱满，气势飞扬。

泰山的高大没变，岳武穆祠屹立在泰山之顶，每日迎送朝晖夕阳。动物园迁址另建，新增春雨草堂、扬派盆景园。小西湖的涟漪更加潋滟，湖面上游船点点，人们尽享水润之乐。一隅，有不少人在写生。一幅幅妙笔丹青，正如清邑人邹雄《小西湖》诗里描述的那样："括尽余杭胜，何须问六桥。烟波三里阔，画本一家描。"公园水多了，树多了，园子大了，历史和现实在这里交相辉映。

跟一位老泰州闲聊，他笑我对泰州了解太少。1996年，地级泰州市设立后，泰州开始了飞速发展，主城区海陵风生水起，日新月异。泰山公园只是一个点，小城深挖和重塑历史文化，一个个淹没于历史尘埃中的文物古迹得以再现，由点连线成面，海陵已打造成历史文化名城。

泰山脚下的安定书院，高远而博大。蝴蝶一样的厅堂，在我眼里，就如扇动了蝴蝶翅膀的主人胡瑗，他的"苏湖教法"根在海陵，风行天下，辐射千年，成为小城永不消逝的光芒。

与胡瑗一样闪耀中华历史文化星空的王艮，人称"王泰州"，崇儒祠里至今回响着王泰州最朴素的天籁之音："百姓日用即道！"想来，数百年前的泰州人已近水楼台先得月，快乐生活了。

登临望海楼，凭栏远眺，抚今追昔，一种澎湃奔腾盈怀。望海楼，屡毁屡建，近800年的风雨，数次摧垮它的筋骨，但没有摧垮它的意志。在盛世华年，望海楼又见古朴雄姿，正如范仲淹第二十八代孙范敬宜先生的描摹："巍然一楼飞峙泰州凤城河之滨，上接重霄，下临无地，飞甍浮光，崇阶砌玉，其势可与黄鹤楼、滕王阁媲美，允称江淮第一楼。"

巍巍望海楼，已然成为泰州文脉的高度。望海楼前，大海虽远逝，但海的魂魄，亦如望海楼的雄伟气势，深深嵌入小城人的血脉里。

梅园、桃园、柳园，泰州的"戏曲三家村"，对应着梅兰芳、孔尚任、柳敬亭三位宗师，在姹紫嫣红中流芳百世。

南山寺光孝寺，千年的晨钟暮鼓、梵语经声，宁静祥和中给人心的澄明。

寻味小城，或遇伟大的灵魂，或遇精神的家园，或遇本真的自己，感受祥瑞福地的美好。

如今水天堂夜游城，这座水韵缭绕、滋养心灵的历史文化名城愈发迷人。

月色溶溶，乘一艘画舫，缓慢行驶在波光粼粼的凤城河之上，看长桥卧波、塔影凤鸣、夜鹭低飞，桨声灯影里听古乐悠扬、梅韵京腔，真不知今夕何夕。隐约间吴侬软语传来，一种自豪感油然而生，我的家乡，成了你远道而来的风景！

河水盈盈，脉脉不语。小城 2100 多年的深厚，缔造的自然是一幅不俗的画卷。这长三角最佳城市中央休闲区的崛起，再展了"汉唐古郡，淮海名区"的风采，是改革开放的一篇锦绣华章。

2018 年 9 月

三月三，唐甸人的幸福密码

最美人间四月天，四月的海陵草长莺飞，姹紫嫣红。唐甸，海陵城东街道的一个村庄，犹如嫣红中最妖娆的一点。

三月三（农历），生轩辕。轩辕黄帝，人文始祖，一统华夏，被载入史册。唐甸人选这一天举行庙会，是一种激励，还是一种巧合？带着这样的疑问，我有幸随作协一行人来到唐甸。

走过小桥流水，但见彩旗飘飘，成群的别墅掩映在绿柳之中，格外漂亮，让人艳羡。

长长的村道集市上，琳琅满目的商品映入眼帘。人们三五成群，走走停停，随意挑选。当薛主席、红梅各捧一盆蔷薇、绣球在手，瞬时绘就了人与花儿相映红的画卷。道边的田野，大片菜花已结籽，丰收在望。

一行人就像花丛中的只只蜜蜂，东瞧西望。来到村委会广场，并没有看到传说中的人山人海，原来迎会的队伍已转向村庄深处游历而去。因为来晚了，与庙会最热闹的场景擦肩而过，大家不免心生遗憾。虽然街道宣传科杨科长做了详细的介绍，终究不如亲眼所见，我们快快离开。

因缘巧合吧，我们午后因事折回，在巷道里竟与迎会的队伍"狭路相逢"，令人喜不自禁。

我们赶紧停下小车，礼让队伍。坐在车里看窗外，就像坐在影院里看电影，一幕幕生动的画面从眼前飘过。

穿红着绿的女子，花船荡得正欢，似乎激起了浪花朵朵。清脆的打莲湘之声，配合着飞舞之美，宛若出水芙蓉。敲洋鼓的，飒爽英姿。骑旱马的，活泼可爱，尽展唐甸女子的风采。

龙队来了，一条条巨龙挺着脊梁，昂首阔步，丽日晴空下，气宇轩昂。倘若，他们舞动起来，那会是怎样的一番雄姿？气冲云霄，还是蛟龙入海，抑或是双龙争锋，我搜肠刮肚，一时词穷。

　　足足等了 15 分钟，绵延近千米的队伍才慢慢通过。虽然迎会到了尾声，仍然有不少围观的群众，间或扛着相机的时尚拍客，在队伍中穿梭，又成一景。这场微电影，弥补了心头的遗憾。

　　古戏台边聚集了很多村民，一本传统戏剧《珍珠塔》正在上演。翠娥和方卿的对白戏唱得婉转悠扬、情真意切，台下掌声不断。附近卖藕的男子，心不在焉，离开摊位数米，盯着戏台，看得津津有味。

　　回顾熙熙攘攘的人流，感叹古老的民俗融于当下的生活，已演绎出别样的唐甸，没有华丽的辞章，有的是锣鼓喧天，直截了当。

　　据说唐甸庙会源于明代，几番兴衰，于 1998 年再度兴起，已举办 20 年，一年比一年热闹，一年比一年丰富多彩。20 年来，唐甸人紧跟时代的步伐，依靠勤劳的双手，利用自身的优势，发展造船业，发展三产，脱贫致富。2017 年已实现社会生产总值 4.6 亿元，村民年人均可支配收入超过 2.26 万元，被评为泰州市全面小康建设十强村。年轻的村支书对唐甸的未来充满信心，江苏省美丽乡村规划方案已经通过，不久的将来，一个河流畅通、水体清洁、坡整岸绿、景色优美的生态唐甸将出现在人们眼前。

　　无论世事如何变迁，人们追求幸福的脚步从未停歇。唐甸人选择三月三作为庙会的日子，或许潜意识里就是对远古人文初祖开疆拓土、建设美好家园的一种传承，祝愿唐甸的明天更美好。

2018 年 3 月

小巷

在楼建得越来越高的今天，小巷离我们越来越远。

记得一个冬日的午后，天蓝蓝，我和友钻进同里的小巷。窄窄的巷子，游人稀少，斑驳的墙壁上，烟尘堆砌。我们脚步悠然，友抚着斑驳，侧身而笑，一缕慵懒的阳光斜漏在她身上，温暖宁静，恍若穿越回了旧日时光。

也曾流连在周庄的小巷。晨雾里，狭长的小巷，是围在周庄上的一条丝巾，随风飘起时，周庄灵秀如梦。想象着江南女子呼朋唤友、结伴而行，在码头的搓衣声中，在溅起的水花里，银铃般的笑声，顺着流水，从陈逸飞的《双桥》下传向远方。

也曾陶醉于宏村的小巷。小巷灵动有加，如聪慧的徽商。一条水圳引碧水清流，从一家一户门前流过，堪称奇特。高高昂起的马头墙，素净中透着一股庄重，倒映在静静的湖面，与蓝天白云相拥，只待写生的画笔撩起一波波涟漪。

小巷，透出了种种的美好。而我最钟情的小巷是小城的南小街。

南小街是一条老巷，探出墙外的树枝，遮住大半个巷子，洒下片片绿荫。

绿荫下，有家龙隆小吃特别味美。他们家的早点品种不多，包子只有豆沙和肉包两种。面是老酵面。豆沙是绝对洗出来的流沙。肉包的馅儿能吃出肉香。馄饨、阳春面喜欢用猪油、胡椒粉打底，非常传统的做法，香浓可口。时代在变，他家的味道一直没变。

每逢双休或节假日，我们一家人常围坐在绿荫下的一张小桌，尝尝豆沙包，品品肉包，来一碗馄饨，或者一碗红汤面，畅快地吸溜。

一只叫旺旺的狗，在身边绕来绕去，掰一半肉包给它，旺旺用鼻子嗅嗅，似乎闻到了熟悉的气味，慢慢悠悠地嚼起来。有人唤旺旺，旺旺不理，只顾埋着头吃。老板娘朝我们努努嘴，调侃说："旺旺也学着挑人了！"我摸摸小狗的头，小狗摇摇尾巴，又蹭了蹭我，很讨好的样子。隔壁人家女主人正在门口全神贯注地清洗龙虾。回望小巷，仿佛生活的滋味全在这儿了。

故乡港口古镇，也有弯弯曲曲的小巷，通往中学的那条青砖铺就，儒雅精致。

春天来时，砖缝间偶有青草冒出，一只只蝴蝶停在草尖，颤动。一到夏天，巷两边的院墙上爬满青藤，藤上开满黄灿灿的丝瓜花或粉嘟嘟的扁豆花，藤下有四面八方涌来的学生。

有一年，听先生说，他年少时，就在那条小巷遇到我，红苹果似的脸蛋，令人难忘。后来他竟跟过多次，但不敢走得太近。

他记住了我时常穿的银灰色有搭扣的布鞋，一件衣领有花边的红衬衣，一条棕色细条纹的裤子。我很惊讶，亦很感动。

我们能走在一起，似乎和那条小巷有着若有若无的关联。长长的巷子，忽而热闹，忽而宁静，不经意间，留下了一份难得的记忆。

稻河湾的五巷，已修复如初，青砖黑瓦，如古琴上弹出的两串音符。人们三三两两，步履轻盈，在头巷里探寻、二巷里回首、三巷里驻足……时而缓步凝眸，他们是否也找到了属于自己的故事？

我以为，在城市飞速发展的今天，能留有这方让人心生欢喜的地方，很好。

2017 年 3 月

牡丹花开

有位同学在洛阳，事业做得风生水起，毕业 20 年同学会时，女生们叽叽喳喳要一起去洛阳看牡丹。一年又一年，毕业 30 年同学会举行了还没成行，但依然心心念念。

"洛阳地脉花最宜，牡丹尤为天下奇。"读着赞美洛阳牡丹的诗，我愈加坚定非洛阳牡丹不看的念头。然三月三，上巳节，随作协一行人麒麟湾雅集赏花，瓦解了我固有的执念。

同行的作家范观澜老师说，麒麟湾是海陵城北生态走廊上的一颗璀璨明珠，占地 40 亩的牡丹园让这颗明珠越发闪亮。牡丹园有 6 万多株牡丹，9 大色系，50 多个品种，是苏中地区最大的牡丹园。暮春时节，牡丹次第绽放，娇艳欲滴，已成了海陵人休闲的好去处。

虽然范老师介绍得这么好，心底还是有一丝嘀咕，麒麟湾牡丹能媲美洛阳的？进得园内，骄阳下，一片葱茏中，并无朵朵花儿相迎，许多花儿已谢，不由得升起悲悯的愁绪，我愈发存疑，拖拖拉拉走在后面。

"这儿有盛开的！"不知是谁轻快地招呼，硕大艳丽的牡丹跳入眼帘。间或几朵粉的、黄的、白的、紫的、红的，带着一份恬淡、尊贵、悠远、沉静、喜庆，纷至沓来。花瓣里三层外三层，层层叠叠，绽放得蓬蓬勃勃、热热烈烈、完完全全，似乎把积蓄了一年的真诚、华美、辽阔、博大、美好全部释放，由不得你不驻足停留。

这样引动情思的花儿，还是第一次碰到。我为自己的偏见而惭愧，哪里的牡丹不重要，重要的是花儿对人心灵的滋养。人们往往忽视身边的物和事，去追逐外面的世界，以为熟悉的地方没有风景，其实不然。

抬眼，一亭四角飞檐，古朴灵动，怡然在高处。"牡丹亭"三个飘逸洒脱的黑色大字醒目异常，我一个激灵，联想到了汤显祖笔下，那个哀婉动人、荡气回肠、追求幸福爱情的故事。杜丽娘和柳梦梅终成眷属，既满足了人们大团圆的愿望，又讴歌了人性自由之美，与牡丹恣意开放、圆满浓情如出一辙。登亭放目，那真真是美上加美的事情，我甚为牡丹园的设计叫好。

春风骀荡，一行人不疾不徐在园里走了一圈，虽没能见到牡丹花开的繁盛，但绿意萦绕，几许芬芳盈怀，少了亢奋，多了淡泊，也不失为一种风景，一种人生境界，别样的雍容华贵。咫尺牡丹有形式之美，亦有内容之胜。

牡丹在民间常常是富贵吉祥的象征。泰州作为吉祥文化之乡，拥有了全国唯一的最吉祥殿，拥有了双水绕城的美丽风光，拥有了早上"皮包水"、晚上"水包皮"的富足生活，这些吉祥元素托起了水城慢生活、泰州最吉祥的称号。眼前的牡丹园，为吉祥文化之乡又添吉祥元素。

无论繁盛与否，麒麟湾牡丹已深入我心。薛部长特意选在红色牡丹花前合影留念，我看看大家，也是一脸春色，亦如牡丹花开。此时此刻，此情此景，该是春日里最美好的一幕吧。

2018 年 3 月

漫步三水湾

常常，在傍晚时分，去三水湾溜达。

三水湾是泰州新建的时尚休闲街区，半岛形式，闹中取静。一边是错落有致的仿古建筑群，以黑瓦、灰墙、白墙为基调，构建传统文化的内涵；一边是清丽秀雅的临水风光，彰显小城特色风情，两者相得益彰。我喜欢其中的水韵部分，一条蜿蜒的小路，以及小路边的杨柳、拱桥，绕着一方水域，画一个圆，绾成了一个水湾，玲珑精致。

盛夏的傍晚，到这水湾消暑的人，络绎不绝。

此时，天气寒冷，出来的人极少，倒是几位垂钓者各自坚守自己的方寸地，偌大的一个水湾，独我漫步。

三水湾中的三水，是指江、淮、海三水汇聚；清、浑、咸三味交融，人文积淀深厚。

想着这静静柔柔的水，和那滚滚涛涛的长江相连，与那浩瀚无边的大海相通，便觉这水的鲜活与厚重，常在这一闪念间，心情浓浓淡淡，宛如这湾碧水，轻波荡漾……

眼前，开阔的水面，暮色已起。

夕阳披一层绚丽，轻拥柔波，似乎也轻拥了我！

不由自主停下脚步，让心情泊于水面。碧水嫣红，隐约朦胧！那粉粉的艳丽，极像是美人羞红的脸；抑或是你，采撷的一片云彩，轻轻晕染的一抹微笑。一瞬间，我会意地笑，灵动的心也不禁诗情画意起来！

流年里，那些邂逅的风景，那些邂逅的真诚，让这一湾碧水，横生出诸多美来！邂逅如诗，邂逅如画……碧水流进了心里，久久，不愿离去。

但见数盘菱叶，你挨着我，我挨着你，连成一朵花，极似那睡莲，美不胜言！水面的嫣红，渐渐隐退。水岸边，婀娜的杨柳，不知名的树，都笼上暮色，垂下温柔的枝叶。

一丝微风吹过，空气凉凉的、薄薄的，一声虫鸣响起又寂静，天地悠远。眼前的一湾碧水，此刻波澜不惊，泊于水面的心情，也随之沉静起来。

这沉静的一湾碧水，走过春夏秋冬，经风历雨，它虽然不言不语，却胜过千言万语！

四季人生，有喜有悲，有得有失。然而，所有这一切，在这一湾碧水前，似乎都变得无足轻重了！湖水涤滤过的心，是那样澄澈、晶莹……

夜色渐浓。

一抬头，望海楼雄伟的英姿映入眼帘，小城高大上的名楼，从宋朝至今，拜访者不绝于道，历代名贤多唱和于此，留下佳话，给这一湾碧水又加注了一份深远。

归途中，见那钓鱼人还在原地，守着自己的美丽，很受鼓舞！也许，人的心境，亦如一盏心灯，需要不断地拨亮自己。守着那盏心灯，日子就多了几分亮丽和旖旎……

2013 年 12 月

第五辑　城市点击

他们是一束微光，必不可少，充实在抗疫的希望之中，呼唤春天的到来。

微光

　　　　牵动千万人的疫情，终于传来一则则振奋人心的消息。在这场没有硝烟的战争中，有一群普普通通的社区工作者，逆行在小城的角角落落，为我们卡住最后一道防线，书写了抗疫的新篇章。

——题记

　　宅在家半个月了，每天一睁眼，除了关注新冠疫情实时动态，就是刷屏。作为曾经的社区工作者，朋友圈有好几位社工好友，每天读她们的微信，知道她们的工作越来越重。

　　友雨儿，1月25日（大年初一），0点24分发微信："丢下这三个人（老公，一双儿女）出来到现在这个点，是加班吗？不！是值班吗？不！是奉献，是实现自我价值。"句末加了四个捂脸的表情。

　　或许在那一刻，她还没想到疫情后来发展的迅猛、工作的艰辛，还流露着一种调侃。

　　1月26日，所有社工朋友都转发了小城对于新型冠状病毒疫情下达一级响应的文。

　　读完全文，我对先生说，社工要更忙了。全面摸排汇总所有湖北来城人员，签订居家或集中医学观察14天承诺书，这一工作非社区莫属。果然上面一声令下，假期结束，初二所有社工正常到岗。上面千条线，下面一根针，社区成为最前沿。

　　社区人手少，一个居委会常常要同时管理几个小区，除了统筹工作，每位社区工作者都分有自己的包干区。电话打爆了，微信联系，联系不上的几番登门，宣传摸查汇总就这样全方位展开。嗓子哑了，腿累了，稍稍休息一下，继续！白天、夜晚，陀螺一样转了起来。

　　2月4日交汇点新闻，报道小城城西街道社区干部把锅带到办公室，数过家门而不入，我就想，不单单是城西吧，所有社区的工作人员都坚守一线，用泡面、面包、盒饭匆匆填饱肚子。

1月28日之后，新型冠状病毒确诊人数居高不下，疫情更加严峻。为了遏制疫情蔓延，减少人员流动和集聚，保证人民群众生命安全和身体健康，小城严阵以待，率先决定从2月5日6时起，对全区实行封闭式管理，实施人员管控，每两天一户人家派一人外出购物。

消息一发布，我知道社工将面临更加辛苦的防控工作，光分发"致居民的一封信"和"居民临时出入券"，工作量就很大，不争分夺秒，很难在规定时间内完成。

2月5日早上，寒风凛凛，我缩着脖子，跑到小区门口拿快递，一眼瞧见漂亮的保安室旁搭起一个简易的棚子，社区工作人员已在登记出行名单，检查"出入券"，测体温，认认真真。

我回到家，时不时地翻手机，一整天没看到社友的信息，直到很晚一个一个才露面。

22：07，友薇羽发微信："齐动员，共防护，共筑社区防疫线。"附上深夜执勤的图片。

23：17，友阿宅发微信："累了一天了，没想到回家还要来一个跨栏（路口的设障）。"

23：36，友杨阳发微信："工作到深夜，跟美丽的楼道合个影。风雨过后必是彩虹。"

00：49，友两全其美发微信："十七年前，我还是个孩子；十七年后，我成为战士！"

读着这一条条微信，我眼圈湿润，一个个为她们点赞。

我粗粗算了一下，城区有125个村居，一个村少则10个组，设2个交通卡口；一个居委会少则管理3个小区，每个小区算1个卡口，大概有400个卡口，分散在小城的东西南北。一个卡口安排4人值班，一天三班，那么就有4800人就着简易棚，顶着严寒，通宵达旦，为我们卡住最后一道防线。

第一个管控期10天即将结束，2月14日社工们开始上门分发第二个管控期的出入券。有人调侃，情人节最浪漫的事情不是和心爱的人在一起，而是和楼梯搞起了热恋。

100栋楼，2500多户居民，从分卷、划区域到组织人员、上门发放，从清晨6点到下午4点，我们和志愿者、网格长一道，用双脚丈量花园半岛、花园新村楼房的高度，有序完成第二批出入券的发放。（摘自一位社工的朋友圈）

2月15日，新春第一场雨雪如约而至，气温降到零下，风不时掀开帐篷，雨雪打湿了眼睛，用袖子擦一下。手冻僵了，用嘴哈一下。登记，查券，测体温，一个也不漏。从春节前到现在，20多天过去了，社工们没有休息一天。

陈霞云，小城锦绣社区的党总支副书记。2018年在街道组织的健康体检中，查出肺癌早期，做了切除手术。在特殊时期，同事心疼她，尽量不让她干活、加班，她却急眼了，说："我身体没事啦！你们奔来奔去，忙得脱不开身，我整天待在办公室，闲聊官一个，怎么可以？！何况我还是党员。"她不顾劝阻，冲在防控第一线，在小区卡口值班，向居民宣传不出门，给隔离家庭和困难老人送菜……一直连轴干。

当得知街道制作了抗疫宣传画，她很开心，悄悄骑着电动车来到街道。宣传画有四大捆，近千份，堆放在电动车上，身高只有1.51米的她眼睛都很难看到前方，只能在寒风中，挺直腰杆慢慢骑到社区。

春节期间，听说社区有两名武汉回城人员，她没有犹豫，戴上口罩，第一时间上门对相关人员进行登记，确认居民的具体信息，摸清他们的行踪轨迹和身体状况，及时向上级汇报。

弱小的身影，每天在小区前行。

硬核女子，上阵父子兵，"疫线新娘"……他们的故事在小城传开，或许没那么感人，没那么英勇，却有一份担当，给人温暖和力量。他们是一束微光，必不可少，充实在抗疫的希望之中，呼唤春天的到来。

2020年3月

太极周老师

中秋节，我和姐姐聚在爸妈家，午后在沙发上看电视，姐姐一旁练起了太极拳，一招一式，推来送去，像模像样。

姐姐说，自从跟周老师学了一段时间的太极，感觉精神比先前好很多。她已经学会了三十二式太极剑，又开始学二十四式太极拳。

这个周老师，人好着呢！一提起周老师，姐姐滔滔不绝。平易近人，认真细致，尤其是鼓励加表扬的教学方式，让所有学员信心满满。学员大部分是退休的老同志，年龄大，记性差，协调性不是很好，还有个别人动作僵硬，周老师一视同仁，对后者更是热情加耐心，手把手地纠正，让每一个人都找到感觉，领悟拳理。一个班30多名学员，没一个退出，大家亲切地叫周老师为太极恩师。

我的情况跟姐姐差不多，睡眠不好，精神不足，听她这么一说，有点心动，决定试试。

第二天一早，我来到凤城国际广场晨练队，第一次见到了周老师。一个精神矍铄、和颜悦色的老人，一袭白色的太极服，古韵十足。

随着琵琶的音乐响起，周老师站在队伍前开始领做。从起式开始，只觉一股力量游龙般在周老师身边流转，腾挪闪展，行云流水，柔中带刚，动静相谐。我从没有认真看过别人打太极拳，总有点不以为然，然周老师一整套二十四式太极拳打下来，一气呵成，松软又沉稳，一种意境深藏其中。

领做结束，周老师开始分式指导。我积极性很高，从野马分鬃、白鹤亮翅到左右搂膝拗步，依葫画瓢，却有点手忙脚乱。周老师笑眯眯地走过来，说不着急，慢慢体会！

到晨练队去多了，对周老师的了解也越来越深。周老师年轻时就喜欢打太极拳，业余时间基本没断过。10多年前从单位退休后，正逢 2008 年北京奥运会，海陵区组织千人太极迎奥运活动，当时老伴推荐了他，从此一发不可收拾，开始了太极人生，加入海陵区武术协会，并从事公益教学，一干就是十年。前年，组建了自己的晨练队，分享快乐和健康，为更多的太极爱好者提供学习交流的地方。

凤城国际广场晨练点地处负一层，出太阳晚，深秋的风一刮，比较冷。周老师转了好几个地方，重新选择了莆田路城中街道办事处南广场作为晨练点，那里背风朝阳，安静不扰民。

一年 365 天，除了刮风下雨，或者家里有事，周老师总是准时出现在晨练队，已是古稀之年，依然奉献爱心，坚持不懈。我由试试变成了信心倍增。

2019 年 11 月

美女胡晓絮

胡晓絮是我同事，皮肤白净，一头短发，俏丽又时尚。一口轻轻柔柔的普通话，有点嗲，但恰到好处。办公室里，我们一致喊她胡美女。

有一天，中心户长王爹（音 diā）也喊她胡美女，我们哑然失笑。王爹正色道，小胡不仅貌美，心灵更美。我们立刻反应过来，连连点头。

和王爹一栋楼的李华家，原本是一个幸福的家庭，6 年前在政府部门工作的儿子不幸患上一种细胞性疾病，前后不到半年，白发人送黑发人，老两口悲痛欲绝。儿媳不久改嫁，抛下 8 岁的孩子，家里更是雪上加霜，李奶奶常抱着孙子饮泣，日子灰暗无比，活泼的孙子变得寡言少语。

胡晓絮那会儿负责计划生育工作，听说此事，第一时间想到帮两位老人申请失独子女抚恤金。于是，她立即着手准备资料，上报街道。从那以后，她经常抽空上门看望，劝说老人家一定要坚强起来，不能一直沉浸在失去儿子的痛苦中而影响下一代，要把孙子培养长大。逢年过节，社区能申请到的补助，胡晓絮首先就想到李华家。她说，数目虽不大，主要是一份关爱。

对老人的孙子，胡晓絮付出了更多的爱。社区举行少儿活动，每次都叫上孩子，她和孩子一起搭机器人，一起做游戏。另外，还联系了泰州阳光心理公益服务中心的老师，定期给孩子进行心理疏导。渐渐地，李家小孙子不再低着头，在同学们面前渐渐恢复了以往的活泼开朗。

一次"六一"儿童节，区妇联关爱困难家庭活动给李家小孙子送来一个书包，胡晓絮觉得单薄了些，便打电话问孩子过节最想得到什么礼物。对熟悉的胡阿姨，小孙子没有犹豫，说想有一个篮球。胡晓絮当即上网搜索哪种牌子的篮球好，自己掏钱买了一个斯伯丁品牌篮球，又加了一本《新华字典》。

我陪她一起送过去时，小孙子见到三件礼物，喜笑颜开，尤其看到那个斯伯丁篮球，一下跳了起来，马上抱着看，又颠球到外面阳台上玩。

两位老人一脸感激，私下对我说："自从儿子出了事，有些邻居看我们的眼神都跟以前不一样，背后窃窃私语，好像我们做了亏心事，低人一等。平时我们尽量避免跟熟人遇见，但社区从来给我们以温暖，特别是小胡美女，一有时间就过来陪我们聊天，辅导孩子学习，让冷清的家起死回生，有了不少的欢乐。"小胡这一坚持就是 6 年。

端午节临近，社区举行包粽子比赛，送给困难家庭，胡晓絮特意在李华家的一份里多加了几个粽子。现在，李家孙子已经上初中，学习优秀，成了阳光少年，他见到胡晓絮，左一口胡阿姨右一口胡阿姨，叫得很甜。

两位老人接过粽子，赶紧招呼我们坐下，泡茶。

胡晓絮拉着孩子的手，问起最近的学习情况。我乘机拍了一张照片，两个人就像家人一般亲热，阳光洒下来，成就了一幅美丽的剪影。王爹说得对啊，小胡不但人美，心灵更美，名副其实的胡美女！

2016 年 8 月

新邻居

有天晚上，我从外面回来，天上没有月亮，微弱的路灯照不进楼道门洞，楼梯口很黑，我小心翼翼地往上走。

"楼梯口右手，墙上有开关，我装了好多天了！"一个清晰的声音传了过来。

我马上开灯，楼道里顿时橘红一片，温暖又明亮。回头一看，是新来的邻居彭师傅，他也准备上楼。

12年前，女儿小手最喜欢摸楼道墙壁上的开关，因为是触摸式，一碰灯就亮，她觉得很神奇。亲朋好友来玩，赞不绝口，但渐渐地，我们明显感到了美中不足。不知是设计师的疏忽，还是开发商的小气，楼道灯没有从车库那一层开始安装，月朗星稀好说，月落星沉时楼梯口乌黑乌黑的。特别是老人们眼神不好，遇到这种情况，就像盲人，深一脚浅一脚，轻易不敢往上走，所以每家每户都有些牢骚。然而一晃，四千多个夜晚过去了，除了牢骚，一切照旧。彭师傅刚搬来一个多月，解决了大家多年的不便。

循着灯泡，我发现彭师傅是从公用电智能分离器处拉出一根电线，顺着墙壁，排到对面，在楼道大门上方装上了灯泡，其实一点儿不难，只是我们这些老住户似乎忙于工作，谁也没想到。

"您做了件大好事，不简单！"我由衷地说。

"谈不上，大家方便，我也方便。"彭师傅回答得很谦逊。

此外，有一件我以为很棘手的问题，也被彭师傅在很短的时间里解决了。

不知是起床晚了，还是一种"任性"，早上总有人匆匆把垃圾袋放在楼道前的走道上，每每还有跟风的，垃圾袋由一个变成两个变成三个。我曾打印了一张垃圾请入箱的纸，贴在大门上，效果甚微。我常看到垃圾袋有时被野猫撕开了口，垃圾散在地上，不堪入目。

彭师傅同样打印了一张纸贴在门上，内容更诚恳亲切：为了大家有一个良好的生活环境，请把垃圾入箱！

只是还有人继续我行我素。没想到彭师傅一早在他家车库"蹲守"，见有人扔下垃圾，随即迎上去，微笑着捡起来，送到不远处的垃圾箱，一句话不说。扔垃圾的人，眼瞧着彭师傅拎着自家的垃圾而去，尴尬之极。几天后，再没人往走道上扔了。

我向彭师傅伸出了大拇指！为了解决垃圾入箱问题，他牺牲掉自己休息的时间。

不久，彭师傅把楼房墙角长出的杂草除掉，栽种了几棵南天竹，摆放了几盆万年青、吊兰，每天下班回来，红绿相迎，赏心悦目。大家在走道上遇到彭师傅，不再只是点点头，而是都愿意和他聊会儿。这情形颇有点像我老家，乡邻间遇见时，停下来，再亲热地说说话。

彭师傅家在车库里烧煮。有时快递员在楼底下打来电话，左邻右舍不在家，恰巧他在下面看到，会主动帮我们收下快件。有两次我忘了拿，晚上咚咚有人敲门，门一开看到彭师傅举着快递，我才想起来，很不好意思。他笑着说："没事没事，放在我那你放心就好。"

这样的邻居，或许是打着灯笼都难找的。正应了那句，邻居好赛金宝。彭师傅的到来，像一股春风，穿透了水泥钢筋的冷漠，吹散了我们不知不觉中累积的浮尘，找回了不该遗忘的美好。

2017 年 10 月

朱爹二三事

年逾古稀的朱爹（音 diā），气色红润，脸上常挂着笑容，一头花白短发，服服帖帖，颇有鹤发童颜的样子。

朱爹热心公益，退休后被聘为社区中心户长。两年前，物业公司撤走，社区组建了物业管理服务站。去年底，中心户长临时帮忙收缴物业费。朱爹把它当作一个任务，每晚上门，动之以情，晓之以理，他负责的两栋楼没有一户人家不交，因而他被评为年度优秀中心户长，得到二百元的现金奖励，朱爹特别自豪。过了两天，朱爹却花 90 元做了一面锦旗送给社区，说如果不是物业服务得好，肯定收不全。

前一阵子，市司法局普法宣传时，在人民公园广场搭起了一个舞台，进行有奖互动活动，其中一个内容是测试家人间的默契程度。上台的只有一对母女、一对父子。朱爹一旁看着，干着急。他灵机一动，拉上社区同去的一位中心户长，假扮夫妻。

主持人请一方在纸板上写下平时老伴喜欢吃什么菜，然后挨个问过去。轮到朱爹时，他根据自己老伴的习惯，加上上了年岁的人，一般不喜欢油腻，而确定说青菜。翻开对方的纸板，居然就写着"青菜"两字，朱爹开心极了。在接下来的三道题目里，朱爹采取暗示，乘主持人没注意，偷看，竟对了二道，一对临时"夫妻"获得了第二名。他坚持把一箱牛奶的奖品给了对方。朱爹跟我说重在参与，人多了，气氛才活跃。原来他把自己当成了一个"噱头"。

朱爹酷爱文艺演出，有一年《同一首歌》到泰州来，一票难求，朱爹望而却步。当他得知演出地点在市体育馆时，兴奋起来，正好在家门口，可以看彩排了！那天下午，朱爹早早去了体育馆，从没看过大型演出的朱爹，像刘姥姥进了大观园，看得出了神。

彩排结束，保安开始清场，朱爹看彩排时忘情，这会儿内急，他匆匆跑向厕所，这一跑，老半天才晃了出来。他像一个顽童，躲过了保安的眼睛。

当舞台炫目的灯光亮起，演员盛装出场，整台演出如行云流水，激情四射。张明敏的一首《我的中国心》把演出推向了高潮。朱爹像粉丝一样，跟着台上一起唱，一起挥舞手臂，似乎回到了年轻的时光。虽然饿着肚子，朱爹满心欢喜。

听朱爹讲这个故事时，他的笑容里露着孩子般的羞赧。他说："难得啊难得，那会儿突发奇想，就想着再看一次，顾不了许多，精神娱乐是人最大的乐趣啊！"我惊异他的"出格"，但旋即又惊叹他的出格！

朱爹是不是很有趣？活得开心，活得敞亮，也活得自我。

2016 年 7 月

形象代言人

　　说到形象代言人，人们第一反应，大概是那些代言商品的明星，他们百般的风情、漂亮的说辞，只可惜无一不跟利益挂钩。我说的形象代言人是滨江社区遴选的一群快乐老人，他们桑榆有爱，活跃在社区的方方面面。

　　您瞧，书法绘画代言人乔爹老人正忙活呢！社区市民学校教室里，孩子们一双双求知的眼睛，全神贯注，盯着在黑板上板书的乔爹（音 diā）。乔爹是泰州资深书法家，写得一手漂亮的小楷，多幅作品获得全国书法比赛大奖。从 2008 年起，他已经连续 8 年在暑期免费给社区青少年上书法课，酷暑盛夏，常常讲得汗如雨下。有一次，乔爹感冒发热，我们叫他不要上了，他坚决不同意，说定好的事情，不能随便更改，要不然孩子们会很失望。

　　在乔爹的支持和帮助下，社区有史以来第一次举办了书画展。乔爹除了拿出自己珍藏多年的字画，还邀请了几位书法好友来参加，150 幅作品，挂满活动室墙壁。那些漂亮的字画，或遒劲有力，或舒缓端庄，或山水相依，或繁花似锦，把居民带进了艺术的天地，真是美的享受。很多居民说："咱社区的书画展，水平不亚于市级书画展。"海陵新闻为此作了详细报道。

　　在社区风帆广场，华灯初放时，总有一个身影在忙碌。她先从社区保安室推出装有音响的小车来到广场，拿出接线板，接上电源，摁下开关，动听的佳木斯舞曲随即飘了出来。

　　随着音乐的节奏，她领着大家跳起了健身舞，30 多位大妈跟着她一起舞动，活力四射。有新来的队员，她一贯单独辅导，细心讲解动作要领。一年当中，除了春节前后休息几天，其余时间很少中断。

　　推车坏了，钥匙断了，碟片更新了，只要自己能解决的问题，从不麻烦居委会，她就是滨江社区阳光业余社团形象代言人陈培勇。六十有一的她，热爱广场舞，在她的带领下，阳光业余社团多次在街道健身舞比赛中获得荣誉。

摄影形象代言人李顺林老师为人谦逊，多次参加全国摄影大赛并获得名次。在社区举行的"我爱滨江"摄影比赛中，为了拍好照，他把小区转了个遍，寻找最美的点，甚至爬到顶楼拍摄小区全景图。当一张张漂亮的照片在橱窗展出时，吸引了众多的居民，大家一致感慨，还不知道自己住在这么漂亮的花园里，要珍惜！

在"中国梦，强国梦，爱我海陵"主题教育活动中，李老师花了三天时间精心制作 PPT，把 30 年前拍摄的旧海陵和目前同一地点拍摄的新海陵放在一起，新旧照片形成鲜明对比，形象地表现了改革开放后海陵的巨大变化。大家一边看，一边发出啧啧声，有的居民还走到前面，用手机翻拍下来，留作回味。这一堂生动的主题课，很受好评，"爱我海陵"成了居民来社区办事的口头禅。

助人为乐的郑德富、文化教育的李锐、园艺能手李潜山、公益活动智长富等等形象代言人，在新春伊始纷纷送来新春的寄语，表达他们的新年愿望。引用乔泰老人的原话：

马年平安，滨江社区家家安康。

马年幸福，滨江社区家家和美。

马年和谐，滨江社区人人互助。

马年发展，滨江社区处处新景。

骏马奔驰，万马奔腾，为实现伟大的中国梦，让我们共同努力，拼搏前进吧！

这是一位 70 岁老人的新年愿望，字里行间，充满了对祖国、对生活的美好祝愿！

形象代言人，一个闪亮的称谓，他们利用自己的特长无偿地为社区服务，用平凡的事迹抒写积极的人生，为建设美丽和谐的家园而乐在其中。

2014 年 2 月

他用稿费来行孝

重阳节，我约请退休老师李锐给居民宣讲二十四孝，李老师满口答应。

当天，社区市民学校里座无虚席，李老师落座后，没有直奔主题，而是讲起他自己，底下人交头接耳，我有点尴尬。渐渐地，教室里鸦雀无声，李老师的故事最终吸引了大家。

"1980年的冬天，当时泰州市饮服公司下属单位北海浴室，有一位叫佘鹤同的职工，用废弃的车轮、支架、龙头，拼凑了一辆三轮车，把智堡社区12位孤寡老人分批拉到浴室，自己掏钱为老人们买澡票。这些老人有眼睛失明的，有腿脚不方便的，成年没洗过澡，身上发出一股奇臭。佘鹤同不嫌弃，亲自给老人们搓洗擦背，老人们感激涕零，拉着佘鹤同的手不放，说宁愿把自己的阳寿添给佘鹤同。"

"我当时在饮服公司任门市部主任，听说此事后，久久不能平静。那会儿饮服行业的人，社会地位低，待遇不高，有的连对象都难找，却出了这样一位热心肠，敬老、爱老的人！感动之余，我赶到北海浴室采访，写下平生第一篇稿件《特殊的三轮车夫》，很快被《江苏工运》采用，有了第一笔一元钱的稿费。"

"20世纪80年代，家家生活清贫，我的工资只够维持自己小家的生活，对于母亲常有一种愧疚感！想着佘鹤同的故事，想着小时候，家里揭不开锅，母亲把自己平时舍不得穿的一件漂亮的蓝布单衣当到旧衣店；把自己陪嫁的小巧铜手炉变卖，买米和煤球回来，两行泪就情不自禁地流下来。所以有了一元钱的稿费，我第一时间买了母亲喜欢的肉包，看着母亲一只包子几口吃完，狼吞虎咽，我又心酸又开心。"

"一元钱是一元钱的孝心，我想有更多的一元钱来孝敬母亲。从此，我深入基层，寻找新闻亮点，把白天听到的、看到的素材，在下班做好家务，照顾好孩子以后，开始写作，常常写到深夜。我自己规定，写稿不马虎，当日的稿子当日完成，哪怕一天两三篇稿子，务必赶在第二天一早上班前送到邮局。由于我的勤奋付出，稿子天天在泰州人民广播电台播出，并陆续在市、省乃至全国各大报纸刊发，从邮局取回的稿费不断增多，有时比我一个月50元的工资还高。我开始每月给母亲8元零花钱，隔三岔五买些当时最好的保健品蜂王浆、麦乳精送过去，母亲很开心。"

"1982年秋，我的母亲因冠心病抢救住院，一周时间花去1400多元，相当于我两年多的工资。母亲得知后，吓得对我说闯祸了！闯祸了！这下怎么得了啊！她耷拉着头，像个犯错的孩子。我赶紧笑着安慰母亲，用自己积存的稿费付了医药费。我家兄妹7人，困难当头，我一人承担了下来。"

"为了给母亲补身子，我向单位借钱买了一只老母鸡。一只鸡，母亲整整吃了10天，每天端起碗喝汤时便念叨我的好，逢人便夸她有个孝顺儿子。"

"10年间，我笔耕不辍，稿费不断，自己没有动用过一分钱，源源不断，通过一件新衣、一顿晚餐、一次出游等方式来孝敬母亲。1990年底，母亲临终时，紧紧拉着我的手，说了一句'你是孝子'，就闭上了眼睛。"

听完故事，有人眼含热泪，有人频频点头，有人带头鼓掌，都深深沉浸其中。李老师用自己的稿费来行孝，现身说法，是真人版的二十四孝。"你是孝子！"四个字不惊人，却精致，饱含老人家的欣慰。

2015年1月

抠门的钱爹

傍晚时分，钱爹（音 diā）骑着自行车来社区给花浇水（自己家放不下，相中社区二楼有一个晒台，他搬来 20 多盆花草），在社区广场，正好碰上刚来社区工作不久的王英。王英眼尖，看到钱爹穿的毛背心上有个不小的洞，便开起玩笑来。

"钱爹，你的衣服，昨儿被老鼠咬过？"

"哎呀，我这一把老骨头，老鼠哪会稀罕！我这是新品牌，'万花透气'牌服装。"

钱爹哈哈直笑，显然明白对方的意思，并没有一丝尴尬。

王英继续逗他。

"可以上博物馆了，放在那，比穿在身上体面。"

"舍不得哦，自己的宝贝，哪能叫人家保管，还是穿在自己身上省事啊！"

老人家笑嘻嘻的，一点儿不气恼。

"瞧，我这辆自行车还不到半个世纪，让它去博物馆早了点！我还有两套从前 45 元一件买的西装，大林桥西北洀水菜场里买的，至今穿起来还很格正。"

钱爹越说越来劲，如数家珍。王英笑岔了，验真了别人茶余饭后的调侃，钱爹对自己都抠门儿！

初夏的一天，王英和同事去钱爹家走访。走进钱爹家里就像走进 20 世纪 90 年代的人家，客厅里一台 17 英寸黑白电视机，稳稳当当地立在案几上，几张木椅已斑驳，倒是放着的几盆花草添了几许温馨。厨房里，排着几个大小不一的水桶，钱爹正把淘米的水慢慢倒进水桶里。王英不明白，钱爹说："就知道你们这些人啊会浪费！淘米洗菜的水可以用来浇花，洗衣服的水可以用来冲厕所。"王英听了，心里想这老头少见，比奶奶们还节省！让王英没想到的是，钱爹刷牙的杯子，竟是王英小时候用的那种搪瓷茶缸，印有毛主席语录的，杯沿已破了一半，裸露着锈迹；洗脸的毛巾两头洗成了丝丝缕缕，还挂在杠子上。

从钱爹家里出来，王英也忍不住跟同事说："这老头真抠，儿子工作不错，自己拿着退休金，日子并不困难啊。"只是后来的一天，抠门的钱爹堵了大家的嘴。

汶川地震，那一场牵动了无数人的天灾，人们不仅从电视里关注灾区人民，而且从行动上温暖灾区人民。王英所在社区设立捐款箱，张贴宣传标语，动员居民献爱心。钱爹看到后，第二天一早来到社区服务大厅，比平时早了一小时。王英以为他是来看报纸的，随口道："今天报纸还没到，过一小时再来。"

谁知钱爹自豪地说："今天，钱老头是来买报纸看的！"说完从口袋里掏出一叠红票子，一张一张，往捐款箱里塞。红票子在透明的箱子里十分抢眼，红成一片，王英愣住了。出乎她的意料，钱爹居然捐了10张百元钞票！后来张榜公布时，在那一长串的名字里，钱爹的名字排在最前面，令调侃的人汗颜，捂嘴。大家疑惑不解，不过，此后不再拿他开玩笑了。

日子一天天地过，钱爹依然故我。世界地球日，在社区看报的钱爹告诉王英，一千克纺织品当垃圾扔掉会产生3.6千克的二氧化碳；每人节约一滴水，13亿滴水可供25200名缺水地区的人使用一天。这些内容，王英第一次听说，一下子明白了许多，更明白钱爹的"抠"里藏着一份大爱。

2015 年 12 月

晒花晒草晒生活

在滨江社区，有一群乐观向上、健康快乐的老人，他们喜欢运动，更喜欢种花弄草。

社区南大门，有一块空地，杂草丛生，家住附近的李潜山老人征得物业管理的同意，除去杂草，种上了橘树和梨树。成熟的季节，李爹（音 diā）分发给邻里，让大家一起分享果实的甜蜜，唯独自己家的三个孙子一个没吃到。李爹种植的海棠、吊兰、月季、石蜡红、仙人掌、长寿花、香港花等，在季节中次第开放，缤纷了社区南大门。

走进养兰 30 多年的刘国来家，你会发现，他家经过改造后的 4 个阳台，被素雅的兰花簇拥，自成一景。70 多盆兰花，50 多个品种，按春兰、夏兰、四季兰、墨兰四大类分，春兰最多，每年春季开花，花开一两个月不败，缕缕幽香充满整个房子。

"兰花长得慢，一年只长一点儿，养兰人要有足够的耐心，我原先的急脾气就是养兰后改掉的。"刘老师满脸笑容地说。以兰会友，在他的影响下，一些对花全无兴趣的朋友也开始养兰了。

乔泰、徐玉泉、王茂宫、王春浩等老人养花的兴趣也很浓，在阳台，在窗台，在客厅，他们用自己侍弄的花草打扮着温馨的家园。

春暖花开的季节，几位老人拿出自己钟爱的花草，相约社区会议室，晒出生活好滋味。

那天，会议室里鲜花盛开，春意盎然，参观的居民接连不断，大家交口称赞。李潜山老人的两盆君子兰开得正艳，橙黄的花儿，生机勃勃。徐玉泉老人的两盆仙人球，硕大无比，已陪在他身边二十多年。当初从部队转业，这两盆仙人球也跟着回到了地方。"部队是锻炼人的地方，原先我养仙人球是为了激励自己，面对困苦，要有坚强的毅力！如今却成了我的爱好。"徐老笑呵呵地说。

如此大的仙人球，我是第一次看到。主球茎上，上上下下增生了若干个大大小小的小球，像发威的狮虎，镇守一方，堪称一绝。

乔泰老人的滴水观音，婀娜多姿，亭亭玉立在展品中央。听说其翠绿宽大的叶子在水分充足的时候，一觉醒来，侧耳细听，滴答、滴答之声从叶边滑落，犹如动听的音符，神奇又美妙。我问乔老是不是这样，老人家神秘地说："回家自己养一盆，就可享受啦！"

爱美的几位阿姨，闻闻又摸摸，忍不住在君子兰前留影，留下开心一刻。

王茂宫老人带来一盆低矮的植物，针尖似的细叶成簇拥状，葱葱茏茏，给人一种素朴向上的力量。"你别看蒲草小巧，却雅致！很受蒲松龄的喜欢。当年蒲松龄写聊斋，多次提到蒲草，他案旁就置有这样一盆蒲草。每当写作遇到问题时，蒲松龄常盯着眼前细密浓郁的蒲草出神，忽然思路大开，下笔如有神，才写出了奇异的篇章。"听王老一本正经地介绍，大家笑开了。不知道老人家是不是杜撰，我宁愿信其有。

活动室里人来人往，热闹非凡。居民们有的询问花卉品种，有的请教养花问题，有的咨询施肥方法，几位老人侃侃而谈，给予的快乐，像春雨滋润着老人们的脸庞，容光焕发的他们忙前忙后，不亦乐乎！

时光飞逝，每个人都有老的时候，但这样的夕阳何其美！我从心底里赞叹。漫漫人生路，不可能鲜花铺满，但可以拥有花花草草的日子，开心地过。

> 美丽滨江春满屋，
> 晒花晒草晒生活。
> 夕阳风景无限好，
> 黄昏岁月滋味多。

呵呵，一首打油诗应运而生。

2014 年 5 月

李爹的第二职业

李潜山是滨江社区的一位居民，退休后一时不适应闲适的日子，受朋友的影响，经常往股市跑，把炒股当作自己的第二职业。不久，李爹（音 diā）觉得炒股并没有让自己真正高兴起来，心情总是随着 K 线图的起伏而波动，于是离开了股市。

原本喜爱花草的李爹，早先因为忙于工作而丢下，如今退出股市，李爹把"第二职业"转战到花草上，这一选择，让李爹如鱼得水。

邻居朱家兰是一个喜欢花花草草的女子，但她上班的地方远，早出晚归，没有闲暇侍弄，所以有一天开玩笑地跟李爹说要借花，李爹二话不说，捧了两盆盛开的草牡丹、一盆四季海棠给她。朱家兰很欣喜，每天下班回来，第一件事就是赏花闻香，等花谢了又找李爹去换。

后来，李爹被社区聘为园艺形象代言人，他的劲头更大了，主动联系社区，邀约几位种花爱好者，一起组织了一次"晒花晒草晒生活"的活动。100多盆鲜花，在展出的三天里，李爹从早上社区上班一直坚持到下午下班，接待参观的居民，回答居民的各种提问。予人玫瑰，手留余香，李爹心情无限美好，他心里萌生了一个念头，要让社区更多的家庭拥有一个美丽的阳台。

从那时起，李爹一有空便开始剪苗插扦，买来的三十多个花盆用完了，又把家里的瓶瓶罐罐、废弃的塑料盒甚至吃肯德基土豆泥的小杯子也带回家清洗干净，装土，移苗，浇水，整齐地码在车库墙角边。每天清晨，李爹从楼上拎四桶水下来，灌在花壶里，给新苗一个个浇水。一般新苗春天下去，秋天成活，第二年才能深根。一年以后，看着渐次成活的新苗翘生生的，李爹很满意。

四月的一天，听闻李爹要送花，社区许多居民纷纷来到李爹家，高高兴兴地从李爹手里接过花盆，有的已绽放花朵。想着一枝独放不是春，万紫千红春满园！李爹由衷地笑了。这些年，李爹共送出去花卉256盆。

一次，李爹无意间跟朋友说起，他的一盆君子兰一枝报两亭，花开两朵，稀罕难得。朋友立即叫他拍下来投稿给《泰州晚报》，晚报植物志栏目很快采用，李爹好开心，从此他又多了一份"第二职业"。

兴趣十足的李爹先从自家的花卉开拍，然后拍朋友家的，拍花博园的、园博园的，拍海陵农业科技园的，甚至跑到姜堰淤溪润庆农业养生园。这个养生园没有公交车到达，他多次打电话联系养生园负责人，说明自己的心愿，负责人被李爹的真诚打动，特意用车带他去了现场。到了现场，李爹东瞅西瞧，边欣赏边拍。李爹拍到了泰州人很少见到的地中海莱葖和仙人菜。图片拍下来，他赶紧回家上网查资料写介绍完成投稿，几乎隔天晚报就有李爹的植物志介绍。

后来植物志栏目取消，李爹笑着说他丢了一份"第二职业"。不久前，李爹到社区来玩，告诉我们他又找回了一份"第二职业"，他要把自己多年的养花经验写出来，与大家共勉。

2014 年 6 月

古稀"续焊"便民情

俗话说，人到七十古来稀，七十岁该是安享天年的时间，然而在滨江社区，七十有二的夏元生却学起了雷锋，而且成了雷锋岗的形象代言人，居民们个个敬佩。

夏元生原先在市二建公司工作，为人正派求上进。年轻时遭遇"文化大革命"，过着"七上（七点上班）八下（八点下班）九回家（九点回家）"的日子，大把时间从指尖流走。他不甘心空度韶华，就从当时热门的半导体收音机开始，自己摸索着学习维修。没过多久，他的业余爱好派上用场，经常让找上门来的人满意而归。

后来工作步入正轨，没有太多的空余时间，他的这份爱好搁浅，直至退休，夏元生才重拾旧爱，自家的车库成了他的工作室。街坊邻里请他修个钟表，修个台灯，他从不推辞。

去年底，社区成立雷锋岗，想请夏元生，老人家一口允诺。

雷锋岗一开张，居民蒋娴就搬了一台电视机来。这台老式电视机，出不来画面，又不舍得扔掉，很长时间搁置在车库里。

夏元生打开电视机后盖，用万用表仔细检查线路，很快找到了症结。他拿起烙铁，插上电源，娴熟地操作起来，焊好线路，摁下开关，图像清晰，声音响亮，夏元生满意地笑了。可装上后盖，重新试机时，图像又没了。夏元生又打开后盖，试了一回，有声音有图像，但是一装上后盖图像就消失，如此反复了好几次。

遇到棘手的问题了！回到家，夏元生一丢下饭碗，立即上网搜索，按照故障现象，排查故障原因，终于找到了答案。原来，电视机时间久了就跟人老了牙齿松动一样，集成块虚焊。集成块有64个脚，图纸都是英文的，他一个脚一个脚地对照着，写在纸上，从1到64按次序，一边拿着放大镜，一边对着焊，全部加固了一遍。

夏元生腰椎不好，焊接的当儿不时要撑着腰，歇一下，花了半天时间，才全部焊好。装上后盖一试，果然声音出来了，图像也出来了。蒋娴十分感激，说这要在外面修，至少 200 元。

居民陈仁山拿来一个不工作的微波炉。夏元生从来没修过微波炉，但他没推辞，回到家上网查找微波炉工作原理，了解到微波炉里面的结构很简单，只有开关、变压器、微波管以及电容等几种器件，心里有了底。第二天，夏元生现学现用，一个部件一个部件地检查，确定是二极管击穿，引起保险丝爆了。他建议陈仁山花 15 元买来一只高压整流管和一只二极管，他很快就修好了。看着转动起来的微波炉，陈仁山开心地说："以后热菜方便了！"

雷锋岗成立两个多月来，夏元生已修好电视机、电饭煲、电风扇、台灯、电水壶等家用电器共 40 余件。我每一次来雷锋岗，总见老人家低头忙碌。最近，雷锋岗里多了两位老人，一有活儿，这两位老人不是帮忙递工具就是帮着扶住电器，让夏元生更方便修理。原来，夏元生学雷锋的行为影响了小区另两位七旬老人——郑爹和卢爹，他们俩很乐意来雷锋岗帮忙。

暑假里，雷锋岗来了一批小学生，他们感动于夏爷爷的学雷锋，纷纷表示向夏爷爷学习，做一个有爱心、乐于助人的人。

夏元生很欣慰，说雷锋精神是建设和谐社会所必须倡导和发扬的，他希望能代代相传。

2014 年 7 月

爱做好事的丁爹

丁雨桐老人，今年 78 岁，身体硬朗，待人热情，他因为爱做好事在小区出了名。

社区孤寡老人张铎，眼睛不好，几近失明，这些天为要去参加退休工人体检一事犯愁。丁爹（音 diā）闻讯，忙跑到居委会要求由他带张爹去。丁爹有一辆电动三轮车，正好可以载人。8 月 19 日，丁爹一早来到张爹家里，搀着张爹，小心下楼梯，扶张爹坐在三轮车里准备好的方凳上，然后慢慢开到体检中心。

丁爹带着张爹逐项检查，跑前跑后，人们以为是一对兄弟，一直忙到九点，把张爹安全送回。张爹很不好意思，连声说谢谢！丁爹说不值得一提，举手之劳。

爱做好事，丁爹已不是一天两天。前年重阳节，丁爹主动买来 15 斤猪肉、15 斤饺皮，以及韭菜等青菜，在社区活动室里包饺子，邀请独居老人共度节日。行动不方便的，丁爹亲自送上门去。那一日，活动室像茶馆，热闹非凡。从来没有过的聚会，让老人们仿佛年轻了十岁，话也多了，互相攀谈。一盘盘热气腾腾的饺子，吃在嘴里，暖在心里，老人们过了一个不一样的重阳节。

冬去春来，元宵节时，丁爹又买来两箱芝麻汤圆，送给老人们以及困难家庭。点点滴滴的好事，记录着丁爹一份真诚的爱心。

两年前，小区物业撤出，杂草无人管理。眼看着杂草一天天长高，丁爹心里如被杂草戳过一般不舒服。曾是花草养护工的他，把闲置在家的除草机拿出来，清理一番，加上机油，就推到草地上开始工作。从此，在滨江花园的中心地带，经常看到丁爹一路一路地除草，杂草在机器的轰鸣声里应声而落，草坪焕然一新。有时，老人还会拿着一把大剪刀，伴着清晨的阳光，修剪长出来的枝蔓。随着咔嚓咔嚓的声响，一条漂亮的球形绿化带出现在眼前。这样的劳动倘若在以前，每天有不低于 200 元的收入，如今丁爹一分钱不要，还倒贴机油。

问到丁爹这两年为什么坚持义务养护花草，丁爹说："谁都愿意自己住的地方干净漂亮，社区绿化面积大，杂草长得快，我正好有除草机，可以派上用场，反正闲着也是闲着，为美化社区环境，尽一份力，感觉又做了一件好事，开心。"

多么善良质朴的老人啊！不为钱，只为心。

2014 年 8 月

不留名的戈奶奶

年近 80 的戈奶奶，一头银发，遇人总是一脸笑。她患有严重的骨质疏松症，走路常常拄着一根拐杖。

初夏的一天，戈奶奶家对讲门坏了，她来社区找物业报修，一眼瞧见放在服务台面上的捐款箱，"爱心银行"四个字吸引了她的注意。当她得知募捐来的钱用于社区困难家庭帮扶时，立即摸摸口袋，只有零碎的散钱，觉得少了，便拄着拐杖，一步紧一步回家去拿。一会儿之后，戈奶奶来了，因为走得急，脸上冒出了一层细汗。

爱心银行是我策划的一个公益活动，许是我宣传力度不够、不到位，捐款箱里 10 元、20 元居多，当戈奶奶把一张百元钞票塞进捐款箱，很显眼。我赶紧拿出记录本记名字，戈奶奶连连摆手："千万不要记啊，要不我不开心了，一点儿心意而已。"我心存敬意，私下里把名字补上。有了第一张红票子，似乎是一种爱的召唤，捐款箱里陆续出现了几张一样红的票子。

8 月 18 日，《泰州晚报》报道了重庆残疾打工夫妇唐传富和钱小琼艰难度日，为儿子唐博上幼儿园学费犯愁一事。当时戈奶奶在家里一边看报一边自言自语："小儿怎能不上幼儿园呢？！学前教育很重要啊！"

她把报纸拿给老伴看，跟老伴商量要捐 1000 元给小唐博，老伴没有反对。为了联系到唐家，大热天的，戈奶奶又急急来到社区，请社区帮忙联系晚报记者。这一次，老人家更加不肯留名，不肯出面，最后由社区主任代为捐赠。

"我们夫妇都有退休工资，这些钱，平时省省就来了。对于外来务工人员来说，遇到困难，我们捐的是一份情，希望能救急，也希望有更多的爱心人士来帮帮小唐博。"戈奶奶一番话，真心实意，加深了我对老人家的敬重。

当戈奶奶拄着拐杖，慢慢走出居委会时，夕阳西下，正好照在她一头银发上，像镀上了一层金色，特别有质感，透着温暖的光芒。

　　早在汶川、雅安地震后，戈奶奶也都悄悄捐出了 1000 元。不肯留名的戈奶奶，留下的是当下物欲横流时人最容易丢失的大爱。

2014 年 9 月

胡队

"八一"前夕，我随老公去太原参加战友聚会，见到了战友群里大家亲切称呼的胡队。胡队是太原人，曾是海军电子工程学院的一名队干，管着学院二队100多名学员。老公从二队毕业时，胡队刚好调过来，未曾见过。后来，胡队转业后到山西省文物局工作。

"五千年文明看山西，这里是中华文明的摇篮！"胡队在接我和老公的车上，不时从副驾驶座转过身来说话，就像多年未见的老友。

"五千年文明最早出现在山西晋东南，晋东南最具备炎帝尝百草、得嘉禾的条件。晋东南的黍稷生产是文明产生的基石，那些精卫填海、大禹治水、黄帝蚩尤之战、成汤祷雨等神话故事，几乎都与晋东南及周边地区有千丝万缕的联系。"胡队如数家珍，音色优美，感觉就像邻家大哥。

大老远来一趟山西，我提出要去五台山一游，这不在集体行动计划之内，胡队在群里得知后，立即叫我们提前一天到太原。五台山离太原300多千米，胡队既安排车又安排人陪同，饱览了五台山壮丽的风光，我们尽兴而回，心里充满对胡队的感激。

天南地北，30多位战友汇聚太原，第一餐，胡队筛选多家酒店后放在山西会馆。席间，胡队专门站起来介绍山西特有的美味小吃——碗托，一种用荞麦以特殊的加工方法蒸制而成的滋补佳品！

胡队示范用小勺在碗面上来回划两下再一搅拌，挑一块到嘴里。我依样画葫芦，尝了一下，利滑爽口，香浓无比。一个小吃就让人回味无穷，更别说那些莜面栲栳栳、黄河大鲤鱼了。最后，胡队请来面点师，现场表演刀削面、裤带面、拉面，精彩纷呈，看得大家孩子一般好奇兴奋。那晚气氛热烈，空气中都弥漫着喜悦的味道！能在第一时间品尝正宗的地方美食，欣赏地道的地方风情，对初来乍到的我们来说，何其开心！

第二天去大同。太原到大同有 4 小时车程，一路上，胡队兴致勃勃，不忘介绍大同的城市建设。当年和胡队搭档的沈教导员，从无锡快递了水蜜桃给胡队，胡队从家里带到车上，行至中途开始分发。桃子甜甜的、水汪汪的，一车人直叫好吃解渴，说胡队是刚柔相济的好男人，不但有北方人的豪爽，还有南方人的细致。胡队笑道："你们今天依然是我的兵，我有责任带好你们！"话音刚落，掌声四起。

我看邻座两位女生，眼圈红了，她们或许忆起了 20 多年前胡队关心的点点滴滴。一缕阳光斜射在胡队棱角分明的脸上，是那样的刚毅柔和。

三天时间，胡队做导游，领着我们一路游玩。他的学识和为人，犹如厚重的云冈石窟和壮阔的恒山，给我留下了深刻印象！临别时，胡队的嗓子都哑了！从住宿的预定，餐饮的确定，到行程的安排，车辆的联系，胡队两个月前就开始张罗，才有了大家三天轻松愉快的旅行。

人说山西好风光，一点儿不错，山西有大美的自然风光，更有胡队这样大美的人。

2015 年 8 月

雨霁

雨霁是我的一位网友，我们的相识很偶然，在一次 QQ 空间闲逛时，我看到她的一篇文章《蝴蝶》，写得情真意切！从古诗词里对蝴蝶的赞美，写到生活中她做清洁工时救起的一只落在黑色垃圾袋里的蝴蝶，并用手心的温度温暖了受伤的蝴蝶，最后在窗口放飞。蝴蝶感恩地在她身边回旋三次，甚至歇在她的发间，才依依离开。读来诗意盎然，回味悠长，她的善良、纯真、美好跃然纸上。文章最后署名用的是她的真名陈爱平，跟我姐姐的名字一样，感觉难得，便在后面留言，称她是蝴蝶一样美的人。后来加为好友，我们开始了互访。

雨霁，四川巫山人，长我两岁，像姐姐一样关心我，尤其关心我的文字。我 QQ 空间发布的每篇文章后面，都有她热情洋溢、充满诗意的精彩留评。那些留评，其实很夸大，但也着实鼓舞了我，我写文的念头更强。去年12 月，我的第一篇豆腐块刊登在市区晚报上，雨霁的《蝴蝶》一文也刊登在她们《巫山》杂志上，共同收获的喜悦，让雨霁"奔走相告"。寻常女子，能有机会把文字变成铅字，自然是一件非常开心的事儿！在给我的留言中，她说了一句我至今还记得的四川话："我们了不得啊！"还附带了加油的图标。

雨霁爱唱歌，有一天，我 QQ 头像闪个不停，是雨霁叫我听她自己录制的一首歌，虽然录制效果不太好，歌声听不太清楚，依然能感受到她在用心歌唱。她的小提琴拉得好，有时兴致来了，系着围裙也会拉出悠扬的琴声。我时常羡慕她的这一爱好，叹息自己五音不全，音律不识。她建议我多听听音乐，并推荐一些好的曲子给我。有一首大提琴与小提琴的浅唱低吟《待到秋天重逢时》印象特深，婉转的琴声就跟雨霁给我的印象一样美。

雨霁曾要求我写一封信给她，说网络间的联系总隔着一层屏，缺少家人般的真切。亏她想出这个法子，我提笔洋洋洒洒，写出了我内心美好的感受。

她在 QQ 里给我留言："我们全家都看过你写的信，文笔真好！你姐夫直夸你的字写得漂亮，本来要回信的，你姐夫说我的字不好，怕你笑话，就暂时不回了。"弄得我好失望，我哪里会笑话姐姐，这是我发现的雨霁唯一的"缺点"。

我和雨霁有好几个共同的好友，在他们的文字后面，我同样看到雨霁认真热情的留评。她像一片绿叶，总乐意给别人春天般的温暖。

也许是巫山的秀峰赐予了她淳朴、善良，巫山的秀水给予了她聪慧、可爱。这样一个热爱生活，追求美好，把真诚带给别人的人，不久前突然意外离去，悄无声息，再不见踪影，我无论如何都不能接受。我们曾经相约巫山的事还没践行，还有，我们一路相伴的文字梦还没实现。很多天，我一直不敢看她的头像。人生有很多的相逢，也有很多的离别，那是自然不可逆转的事情，我们理应坦然面对，只是雨霁离开得太早太早。她花季的女儿，她深爱的丈夫，将如何面对？我唏嘘不已，慨叹生命的无可奈何。

《待到秋天重逢时》，大提琴和小提琴的浅唱低吟又一次在耳边响起，那么舒缓、优雅、宁静，这一切成了永远的故事，带着伤感，留在我心底。

2015 年 7 月

沈教

两年前，我去太原参加老公战友同学会，第一次见到沈教导员。

当时，教导员所乘航班因天气状况转降郑州机场，坐等在餐厅的同学们顿时失落起来，教导员怎能缺席？！还好是"虚晃了一枪"。不久，教导员发来信息，航班续飞太原，同学们齐声欢呼。

当教导员出现在餐厅门口，大家同时起身，掌声雷动。

60岁出头的教导员，个头不高，被一群"高大上"的同学簇拥着，握手、拥抱、寒暄，小餐厅成了欢乐的海洋。

我记住了如此受欢迎的教导员。今年，这群学员又聚在湖南常德，我零距离感受了沈教的人格魅力。

5月12日，我和老公乘坐高铁到长沙，教导员从无锡飞长沙，早我们一小时到达。他一下机场就联系了一辆商务车，同时接到从宁波、温州飞来的三位学员，然后拐到高铁站接我们一同去常德。

让教导员来接，老公觉得不好意思。教导员说："来了就是聚的，我来接你们也是一种聚，并不是到常德才是聚啊。"一句话打消了老公的顾虑。

一见面，教导员拿过行李就放后备厢，像接到了家人。

一路上，教导员问寒问暖，又说起当年这群20岁出头的小伙子没少给他惹麻烦。军校纪律比军营严，个个血气方刚又单纯，对他们不能太紧又不能太松，紧了会绷断，松了蹬鼻子上脸，比做爹娘的还辛苦。不过现在想，值，因为都有出息了。

一位女学员手头工作忙，从广州赶到常德时夜已深。为了让她有宾至如归之感，教导员带着大部分同学，在夜深的街头，又掀起了一波聚会的高潮。

第二天中午在农家乐吃饭，临湖的餐厅，凉风习习，同学们兴致很高，有几位干脆不去游湖，继续聊天喝酒。等游湖的同学回来，这边还没结束，领队的催着走，他们屁股动也不动。

大家在阴凉的地儿站着，眉头微蹙，一律看着喝酒的几位。

教导员来了，笑着说："我们还是按计划行动吧，酒不要喝了！"声音不高，却出奇有效，一桌人呵呵着离开，往下一个景点出发。

两天的行程充满了欢乐，教导员迎来又送往，最后剩下六位不着急走的。因为起床晚了，又想着去天子山玩一下，我正催着老公，教导员来跟我们商量，去张家界天子山有些远，上下要一天，加上来回路程，晚班回常德的车肯定赶不上，不如一起去宁军家的桃江一游，距离返程的长沙还近。教导员把情况摸透了，就改变了我们的行程。

全国第二大竹海——桃江竹海，气势磅礴，竹涛滚滚，特别幽静清凉，没有一点儿商业的喧闹。

教导员游兴很浓，对桃江竹海原生态的开发大加赞赏，说这里闻到的是泥土味，没有一点儿铜臭，真正体现了大自然的魅力，让游客心旷神怡。

教导员的一番话让我忽然产生联想，桃江竹海也好似一位当年的学员，因着保护性的开发，结果才如此美好。作为一名政工人员，教导员深悟育人之道，而且他的理念已运用到生活的方方面面。把事情放在未来的大格局中思量，用发展的眼光看世界，世界必然充满生机和活力。

想起老公私底下说的一句话，教导员既做兄长又做大家长，我深感这帮学员的幸运。

2017 年 5 月

理发师周星湛

姑娘一头长发，很久没打理了，一直嚷嚷着要弄一下，一直想不出到哪家理发店。那天看我剪发归来，像换了一个人，仔仔细细打量了一遍，说不丑，她也要去剪。

老实说，这次理发是我多年来最满意的一次。

我头发天生自然卷，不服帖，容易乱，没有型，为此跑东跑西找过不少理发师。

卷发流行时，理发师信誓旦旦，我烫过大波浪，也烫过小波浪，终斗不过自然卷，头发蓬得像巴斗，拼命抹理发师推销的弹力素，抹成了硬邦邦的钢丝发。

直发流行时，架不住理发师的一番劝说，折腾一下午，头发直是直了，挂面式的，像假发，一点儿也不自然，且有装嫩的嫌疑。

一年又一年，我在爱美的路上，一次又一次"跋涉"，结果都不理想，对理发师失去了信心。反反复复地烫染，发质越来越差，干枯打结，心灰意冷，头发干脆在脑后一扎多年，常被女儿说土。

前不久，我与一朋友聊天，她说人民医院北院对面有一家时尚造型不错，看朋友自然流畅的发型，衬得一张脸蛋愈加漂亮，我心里像种了一棵草。

"五一"一大家子计划出行，我决定把心里的草拔掉，漂漂亮亮地出门，于是走进了北院对面理发师周星湛的小店。

小店不大，上下两层，底层隔开，里面洗头，外面理发。

周师傅一下看出了我的自然卷，说不用烫，他可以剪好。

我有点惊异！这么多年无论走进哪家理发店，没有不叫我烫发的，不花去四五百块，根本出不来！

我立即洗头端坐。

周师傅结合当下流行的发式帮我设计好发型、头发的长短，然后开剪。只觉梳子娴熟地挑着头发，剪子咔嚓咔嚓响，周师傅不时从镜子里比照着，我的心里充满了期待。

　　"你的头发，剪出层次很重要，不至于飞翘。"周师傅一边剪，一边跟我聊了起来。

　　我有意问他为什么不推荐我烫发，才挣 30 元的剪发费？

　　周师傅呵呵笑着说："钱谁不想赚啊，房租水电、老婆孩子都要花钱。该赚的也得赚，不该赚的不能赚。不是每个人都适合烫发的，烫好了打理不出来，还是没用，乱七八糟。你的自然卷再烫就像画蛇添足，不如剪出来的好看。"

　　周师傅是浙江人，一口温州普通话，硬生生的却不乏真诚实在，令我刮目相看。

　　理发师通常是站着或坐着剪，周师傅还多了一种剪姿——"蹲剪"，这在我去过的理发店也没见过。他说蹲下来虽然累，但角度不一样，收尾时的蹲剪，会让整体效果更好。

　　一席话又说得我顿生敬意。周师傅理发认真，我的头发前前后后大约修剪了一个小时。当一个全新的我出现在镜子里，整个人都变得精神了，也洋气了，我着实开心。

　　因为新冠肺炎疫情，各行各业都受到了影响，理发店也不例外。周师傅说今年要少赚三四万，加上之前人民医院的南迁，生意越来越不好做了。我一听就有了感慨，作为生意人，以营利为目的，在生意不景气的情形下，还能一如既往秉持该赚的赚，不该赚的不赚，不要滑，不忽悠，难能可贵。

2020 年 4 月

第六辑　朝花夕拾

河水漾漾，野菊灿灿。一种植物，多种精神，饱满丰盈。或许，正因为此，人们才有了人淡如菊的追求。

野菊

"文明城市创建"在深秋拉开帷幕。小区最北面有一条临河的小道，平时物业疏于管理，恰巧分在我的包干区，我第一时间赶了过去，偶遇了一片野菊。

草木萧萧下，野菊挨挨挤挤、密密匝匝，正开在兴头上，团成了小小的金色花海，灿烂得就像盛开的油菜花。

野菊，花小，花瓣椭圆形，如女儿小时候随手涂鸦的一笔，简单之极，簇拥着触须般的花蕊，组成了向日葵一样的笑脸，流泻出一股温暖和喜悦。我索性蹲下来，一股清香扑鼻。

野菊在秋天绽放，却给了人春天般的感觉。

"晚艳出荒篱，冷香著秋水。忆向山中见，伴蛩石壁里。"唐代诗人王建的一首《野菊》诗，短短四句，写出了野菊的野劲、野香和野趣。

唐贞元八年（792），王建学有所成，时年24岁，本应赴长安应试，但唐朝科举制度规定，须由地方官员选送。王建游学异乡，根本无人延誉识拔。苦闷之余，他转而山居谷汲，学仙求道。山居期间，他创作了此诗，以此表达自己弃绝名利、超脱世俗的野逸之情。但最后的落笔，只能与低吟浅唱的蟋蟀为伴，明显让人读出了一份寂寞与孤独。

或许是按捺不住这一份寂寞孤独，46岁的王建，最终入仕，野菊终是过客。

野菊果真孤独寂寞吗？王建借物咏怀，并没有真正读懂野菊。

野菊长在田野、路旁，似乎形单影只。它不可能，也没有机会跑到人家庭院里，和那些婀娜的家菊媲美，是属于输在起跑线上的一类，地位卑微，但不自卑。它除了伴蛩石壁里，也有自己的朋友圈，乐于与天空为邻，与大地为友，与日月星辰为伴，心胸开阔，经风历雨，安时守顺，活出了自我。

野菊像一群人，一群热爱生活的人。

我认识一位太极拳老师，曾是一名下岗工人，十多年前，每月只有168元的生活费，老婆埋怨，邻居睥睨，似乎生无可恋。但他没有被击垮，他利用自己的太极爱好，招收学员，收取合理的费用，走出了窘困。后来回馈社会，参加公益教学，春风化雨，成了人人敬佩的好老师。

楼上的阿婆，老伴中风，每天我都能在楼梯里与他们照面，每次阿婆微笑着跟我说话，侧身，坚持让我先走，然后扶着老伴，一步一步下楼梯，再扶到轮椅上。轮椅上的老伴，也总是一脸笑，他们迎着太阳而去，15年过去了，一如既往。

像太极老师、阿婆这样的，不胜枚举，他们跟野菊一样卑微，但也跟野菊一样乐观、从容。其实，自己何尝不是一朵野菊，天资愚笨，却喜欢在文字的海洋里打磨浸润。

一阵风吹来，满目的落叶随风卷起又迅速跌下，不知道自己归向何处。野菊呢，欣欣然，摇曳生姿。一只蝶赶来，在其间上下翻飞。野菊与蝶翩然起舞，或偃或俯，优雅灵动，沉浸在瑟瑟秋风的伴奏里。宁可抱香枝头老，不随黄叶舞秋风。

野菊在秋天绽放，错开喧嚣、嘈杂、跟风，拥抱萧瑟，就像是另辟蹊径，闪烁着智慧、坚毅的光芒。

河水漾漾，野菊灿灿。一种植物，多种精神，饱满丰盈。或许，正因为此，人们才有了人淡如菊的追求。人到中年，诸事繁杂，真喜欢这样的遇见，遂摘下一朵，别在胸前，仿佛再一次听到了野菊的心音。

2018年10月

洗

春节以来，雨水多，气温低，常常是一堆衣服，淤积着寒冷和潮湿，巴巴地盼着清洗。一旦有晴好的日子，女人们赶紧埋头洗啊又洗，一件件挂在阳台上，任凭缕缕阳光钻入经纬线间，化作一股股热烈的醇香，那可是温暖而舒适的味道。

想来，人是离不开洗的。一早，刷牙是一种洗，洗脸是一种洗，把自己弄清爽，才有心情迈出家门去做一切。

常见澡堂里洗澡的女同胞们很认真，洗了冲，冲了洗，来来回回，一点儿不含糊。离开龙头了，不小心被人碰了一下，瞋目过去，又回过头来全方位再洗，直让等在一边的人露出不耐烦的神情，才悠悠离开。为什么要这样？自然是从头到脚的濯洗，大扫除一样，把自己整干净后是出浴的美人，脚步都会轻快起来。

练瑜伽近一年，我渐渐明白，瑜伽也是一种洗，是身体的一种高级洗。瑜伽在练习体式时，通过腹式呼吸，深深地吸气，缓缓地吐气，排出人体的浊气，放空自己，关注气息流转，进而达到放松心灵、愉悦身心的境地。

生活中酸甜苦辣咸，五味杂陈。古人云：人生不如意者十之八九，如意者一二。可见一年365天，日复一日，年复一年，日子总会生出些事端来。譬如工作中的失意，身体上的小恙，感情上的磕磕碰碰……你按下葫芦，却浮起了瓢，更不用说遭遇困难、不幸与灾难，这些有如淤积着的寒冷和潮湿，一定要濯洗，晾晒干净，否则会影响自己的生活。洗这些，或许要用豁达作为洗衣粉，从容作为柔软剂，才能把日子洗得干净蓬松。

洗之种种，最难的是洗心。当下的社会，节奏快，信息多，诱惑大，喧嚣与浮躁像一对孪生兄妹，贴近我们每一个人，往往让人远离真、善、美，植下心灵的污浊，变得贪婪自私。这些污浊不洗，人会迷失方向，所以洗心必不可少。

　　一个人百转千回才来到这世上，谁不向往美好？有一句话说得好，芝兰百濯见真香，让时间和岁月来洗吧，早一天把心洗好，早一天自在。

2016 年 5 月

骑行的快乐

我办理了公共自行车卡，昨晚去三水湾体验。西门口，一长溜绿色的捷安达，像一群等待出发的小鹿，小屁股径直往外拱，我赶紧牵出一只，沿着三水湾大道兜起风来。整洁的柏油马路，小鹿跑起来特别顺畅。夜色中的三水湾，灯火闪亮，树影婆娑，美丽迷人。风儿吹开了发梢，一种久违的快乐从心里升腾。很多年没碰自行车了，一阵兴奋之后，许多记忆涌上心头。

20世纪90年代，自行车还没普及，在我们里下河地区，船是主要交通工具，要不就是两条腿走路，少有人家有自行车。1989年，我到县城姜堰上班，单位离市区远，晚上和同事们出去玩，我总要坐在别人的后座上，心里极不爽。

我跟家里一说，家里省省，给我买了一辆紫红色金狮牌女式自行车，轻巧又漂亮。有了自己的车，上街方便了，龙头一推就走，和大家一起去玩的机会也多了。即便在大冬天，天寒地冻时，我们也会结伴去逛曲江楼，去看电影，去体育馆跳集体舞。

穿行在刺骨的北风中，脚撑一打，在北大街吃夜宵，麻辣螺蛳是必点的。那螺蛳肉肥美，越吃越有滋味。不知是麻得，还是冻得，清水鼻涕皆忍不住流下来，还要吃。大家一起用手指当纸巾，来回拭擦，互相取笑。

最难忘的是一次周末集体骑车回家，有溱潼的，有苏陈的，我最远，家在港口，八九个人，四个女生。一路上欢声笑语不断，一会儿并排骑，一会儿单手骑，更有甚者，张开双臂，像杂技团的演员表演节目，领跑在最前面。我在最后偷偷试了一下，猛蹬脚踏，速度加快，双手也瞬间离开了龙头，像鸟儿一样自由飞翔，心里别提多高兴。

那是在麦收时节，马路两边晒着农民刚刚收割的麦子。一男同事非从人家麦子上骑，还不时摆酷。老远的，一农妇操着大扫帚一边跑一边扯开嗓子骂将起来：没得穷事啊，家去把膀子弄墙上掼掼……面对横眉怒目的女人，男同事不好意思了，窘迫地从麦子里骑出来，还做着反击的鬼脸，我们笑成一团。

陆陆续续，大家分手了，夕阳染红了天边，剩下我一个人到泰州。从泰州到港口的路越来越难走，崎岖的乡间小道，颠得人屁股生疼。天逐渐黑下来，路灯稀稀落落，有时很长一段路要从黑暗的田边穿过，心里真有点害怕。好在远处人家窗户里透出来的点点橘红，暖暖的，陪伴着我到家。

家里人很吃惊，没想到我胆子这样大，小时候连擦火柴都不敢，居然这么晚一个人骑回来了，从姜堰到港口要骑五六个小时。我笑嘻嘻地，想想也为自己骄傲。后来，我多次骑行回家，锻炼了自己的意志。

往事如烟，历历在目，过去的总是那么美好，给我难得的意趣。

老街，梅园，迎春桥，在身后游走，我悠然又自在。政府倡导绿色出行，委实是一件好事，在车流如水的当儿，欢快的小鹿越来越多了。

2015 年 10 月

难忘《青春曲》

1986 年，我读高二，英语张老师是位年轻的大学生。一头齐刘海的长发，泡泡袖的长裙，在学生们眼前飘来飘去，成了男生心中的女神、女生心中的偶像。那年，学校交给她一个任务，排练一个节目参加县中学生调演。张老师选了一首沈小岑演唱的《青春曲》，编排舞蹈，我成了 8 名成员之一。

每天下午两节课后，8 个女生在张老师的指导下开始练习。《青春曲》旋律欢快，充满激情。张老师编排的动作热烈、张扬、动感，极其新潮，8 个女生都很腼腆，潜意识里有些不易接受，特别是扭胯，总不能到位。排练初期，就像花子打架，乱糟糟，逗得自己也笑弯了腰。张老师着急起来，平日里的微笑没了，语气也硬了许多："再练不出来，换人了！"我们低着头，捂着嘴，不敢笑出来。因为谁也不肯被剔除，练着练着，终于跨出了禁锢。

一个阳光灿烂的午后，《青春曲》首次在学校操场上亮相。8 个女生朝气蓬勃，尽情舒展自己。同学们一起鼓掌，被眼前直抒胸臆的表达所感染，还夹杂着莫名的兴奋。青春许就是刚刚破土的小草，欣欣然地张望世界，雀跃着直白又青涩。

不久，《青春曲》参加镇里的文艺会演，有点小轰动。当时，我们上穿白衬衫，下着红色百褶裙，青春靓丽，动作整齐划一，像一群红蜻蜓在舞台上飞舞，眼花缭乱了观众的双眸。很多人从座椅上站起来，后面的直接站到凳子上，一双双眼睛闪着激动的光芒。谢幕走下舞台时，人们不断回过头来看，赞不绝口。

记得堂姐在人群中向我招手，自豪地跟别人说："这是我们家爱兰！"我一脸笑容。我的那条红裙子，后来被堂姐家的姑娘要去，经常美美地穿在身上。一时间，我们成了小镇上的"名人"，很容易被人认出来。那时的小镇，文化娱乐以传统戏曲居多，像这样活泼向上律动的舞蹈从没有过，如一股春风，吹开了人们固守的思想。于我而言，此后上学的脚步都变得轻盈起来。

> 青春啊青春
>
> 像鲜花开放
>
> 阳光绚丽
>
> 百花吐艳
>
> 装点美妙的春光
>
> 来来来来来来来来来
>
> 我是鲜花
>
> 我是阳光
>
> 浪花飞舞
>
> 海燕欢唱
>
> 让青春为理想飞向远方

当旋律响起，歌声飘荡在姜堰中学五四礼堂时，我们神采飞扬，一张手，一扬臂，一转身，一回旋，是那样的娴熟自信，好像是自己的舞台，是为自己的青春在歌唱。那旋律是窖藏，舞蹈是引子，酿出了青春的芳香。当最后一组优美的造型定格，音乐戛然而止，偌大的礼堂瞬间凝固了，寂静之后掌声如潮。《青春曲》参加全县中学生调演，受到极大的好评，我们带着喜悦返回。

时光飞逝，28 年过去了，青春已远离，但青春留给我的这份鼓舞，依然在我的血液里滋养生息。

2014 年 11 月

重拾花草

20 世纪 80 年代初，我上初中，家里有一个很大的院子，只有两根晾衣绳，空荡荡的，倍感冷清。

同桌爸爸酷爱养花弄草，她家院子四季花香。每到她家，我总爱站在院子里东瞧瞧，西闻闻，再摸摸那些绸缎般的花瓣，心里痒痒的，央求同桌移一些花儿给我。

我把家里废弃的盆子、碗拿来装土，用省下的零花钱买几个像样的花盆。同桌征得她爸爸的同意，弄给我不少的花苗，有时还偷偷从家里拿一点儿品质好的给我。陆陆续续，我家院子跟着繁花似锦起来，一盆盆争妍斗艳的花，甚至开在窗台、饭桌、茶几上。左邻右舍常常光顾我家，夸奖一番，我美滋滋的。

日子在如花的时光中溜走，同桌没有考上高中，渐渐地，我们联系少了。高考落榜后，我进县城工作，妈妈工作很忙，花儿孤单了，寂寞了，慢慢失去鲜活，我虽心疼，也没办法，只有在回家休息时翻翻土、浇浇水，因此凋谢不少。

不久，我辞职离开县城，随军到了普陀山。部队里，我成了一名家庭主妇，屋前的小空地上大家喜欢撒上菜籽，我沿袭部队家属优良传统，种上小青菜、白萝卜、地瓜，一有空就往菜地里钻。好在普陀山的山路上不缺各种漂亮的花儿，我常采一些装在玻璃瓶里放在餐桌上，花儿在眼前绽放，也在心里绽放，不觉得离花草的日子很远。

等孩子上了幼儿园，我开始繁忙的工作。餐桌上，玻璃瓶里的花谢了，空了。玻璃瓶，一不小心被女儿打碎，扫进簸箕，花草的日子从此也被扫走，留存丝丝怅然。

2006 年，我们从部队转业回到泰州，有了自己的家。我拉着爱人来到柳园花鸟市场，买了一棵幸福树、一颗发财树。许是离开花草的日子太久，悉心不够，幸福树上的红果子一颗颗掉落；发财树没熬过冬天。我高涨的情绪跌入低谷，只好安慰自己，温室里的花不适合寻常百姓家。

2007年，我被安排到滨江社区工作，有幸认识了社区里几位养花能手。在芳菲的四月，我策划了"美丽滨江，晒花晒草晒生活"的活动，居民们积极参加，活动办得有声有色。

难得的是李潜山老人，把他插扦成活的几十盆花草送给居民。我带回两盆石蜡红、一盆长寿花。不久，两盆石蜡红率先打朵开花，竟是两种颜色，粉的甜美，红的艳丽，惊喜了我。后来，养兰花的刘国来老师送我一盆四季兰，在晚秋吐蕊。我又一次重拾花草，享受花草的芬芳，一直到今天。

山一程水一程，花儿伴我一路走来，虽有相离，但心里没有真正丢弃过。感念生命中的相遇，温暖的记忆永留心中。

2020年3月

一声鸟鸣

清晨，我匆匆骑车上班，经过小区宣传栏时，一声清脆的鸟鸣在耳边响起——叽叽喳，悠扬而欢快，已经冲过去的我，刹车，扭头，学舌一般，回应鸟鸣。出门几天，怀揣着彩云之南的新感受，我忘了这笼中的鸟儿。

不知谁家的鸟笼，常常挂在宣传栏的杠子上，里面一只黑黑的鸟，不漂亮，我打这过时，唧啾的鸟鸣，如约而至。起初以为碰巧，后来发觉不是，不早不晚，鸟儿总会在我到达宣传栏时，扬声一叫，打破清晨的冷清。

像一夜春风梨花开，满满的欣喜，挑开我的眉眼，叩击我的心扉，透着一份美好。

从春天到秋天，鸟儿一日日带着晨露的啼鸣，成了我生活中的风景。我这般恬然的感受，鸟儿许是知道的，所以鸟儿一如既往，没有停止它的欢啼，我却把它忘在脑后，差点错过，深深自责。

生活中，不经意间，我们常常会忽略身边的美好。相遇是美，相惜更美，这一声鸟鸣让我反思，让我珍惜。这一声鸟鸣也让我想到，亲情、友情、爱情也是一个道理。你我都在亲情里长大，都在友情里遨游，更在爱情里憧憬，我们何曾不幸福？！但随着时间的流逝，亲情是否和从前一样温馨？友情是否和从前一样珍贵？爱情是否和从前一样甜蜜？看看自己，看看周围，似乎不尽然。时间都做了些什么？！时间把曾经熟悉的风景斑驳，把浮躁塞进我们的心，日子渐渐生出淡漠，生出淡忘，生出淡薄。

在小区，我经常遇到一对老年人，女的腿脚不便，走路一瘸一拐，男的总是牵着老伴的手，靠得很近，有说有笑，慢慢前行。他们生活中曾经发生过什么已不重要，重要的是他们一起走过了风雨人生，在暮年依然如此和美，让我赞叹。

人的一生，说长不长，说短不短，在这长短之间纵横自己时，最不能丢弃的是初心，就像我与鸟儿的和鸣。

　　身在凉秋，于萧瑟的秋风中更喜那一声，的的确确叫进心里的鸟鸣，温暖的喜悦，足够轻盈自己。

2015 年 8 月

一抹鹅黄

腊月的一天，战友邀约在六区餐馆小聚。那天气温偏低，我下班回家叫上女儿准备打的，正值高峰期，一辆辆的士从眼前开过，没有空载的。寒风中，我们等了很久，冷得直跺脚。

眼看希望渺茫，女儿提议乘公交，于是我们奔到不远处的站台。因为刚回到泰州不久，平时又很少乘车，对班车情况不熟悉，一到站台，我忙去看线路表。

"几路到六区？"女儿问我。

"不知道，看看吧。"

"16 路。"一旁等车的白发奶奶立刻回答了。

"快！上车！就这辆！"白发奶奶语气急速，我回头一看，一辆 16B 的公交已到眼前。16 跟 16B 一样吗？我一闪念。白发奶奶看出我的迟疑，扑到车身上，指着"客运西站—张甸"一行字，急切地说："你看！你看！我不骗你的，真的！快快快！"其实我根本不清楚这车会经过哪些地方，老人扬着手，赶鸭子一般，我心里一热，拉着女儿跳上了车。

透过车窗，我看清了一张布满皱纹的脸，沧桑写在脸上，眼神却透着一丝柔和，好像寒冬里率先探出的一抹鹅黄，虽不起眼，却是温暖的春色。

几天后，我去健身馆练瑜伽。当时瑜伽馆的地暖有一半坏了，学员们纷纷涌向另一半，位子比较紧张，要早点签到才行。当我紧赶慢赶到达电梯口时，电梯门开始关闭，我很懊恼，早一步就能跨进去了，这一来，要等几分钟，暖位子肯定没了。想着在硬冷的地板上练一小时，我心里拔凉拔凉的。

突然，即将闭拢的电梯门又开了，我看到一电梯微笑的脸，竟迟疑了一下，才放脚进去。按钮边站着一位并不漂亮的女孩，倒是一对小酒窝衬得她的笑脸可爱。我似乎对着女孩，又似乎对着大家，轻轻说了声："谢谢！"女孩的一对酒窝更深了。

一电梯的人有各自要去的楼层，或许有急着办事的，约见女友的，和我一样练瑜伽的，他们没有漠然离开，而是伸出热情的手，又一次晕染了"那抹鹅黄"，我为自己的自私脸红。

年关将近，有一天下班我步行回家，快到文峰桥时，在人行道上看到前方不远处的非机动车道上，一包东西从一辆电动三轮车上翻落下来，可能是因为北风呼啸，送货人没在意，我急忙喊"东西掉了"，也没反应。眼看着电动车要走远，我加速奔了过去，三轮车送货人一连声的谢谢弄得我很不好意思。

尘世间，我们各自行走，也许永远没有交点，却在某一瞬间有了意外的相遇，带着一份小温暖、小感动，就像枝头的那一抹鹅黄，轻启心扉，始终难忘！

人人向暖，春天必悄然而至。

2018 年 12 月

重见光明

　　母亲视力下降已有几年，老人家从没在我们面前提起过，我最初曾看到她滴眼药水，以为眼睛不适，并没在意。春节过后，母亲对我说，去年起蒙起右眼，左眼是一摊雾，基本靠右眼看东西，目前右眼视力也开始下降，医生说是严重的白内障，左眼一定要动手术，听得我吃惊不小。

　　眼睛是心灵的窗户，这窗户越来越不透气，即将打不开了，还能开心吗？只是我没见过母亲不开心的样子，只要我们回去，她依然乐颠颠地忙东忙西，烧拿手的红烧鲫鱼，跟从前没两样，不一样的是她越来越看不清的那只眼睛。

　　那天，主刀医生有四台手术，前一位出来了，是位花白头发的老人，一只眼睛蒙着，他女儿伸手去搀扶，老人家连连摇头："没事没事，太亮堂了！太亮堂了！我又可以带外孙了！"抑制不住内心的激动，他舞着手在说。

　　我有点纳闷，蒙着纱布，怎会太亮堂呢？老人家年纪不小了，做完手术，没想别的，首先想到的是带孩子！

　　早早候在门外的妈妈麻利地换上鞋，径直往里走，对着她的背影，我说了一声"不要紧张"，估计她都没听到就进去了。我知道，她是想着早点手术早点好。

　　时间一分一秒地过去，母亲出来时，除了蒙着的左眼，脸上满漾着笑容。回到病房，处于兴奋中的母亲告诉我，躺在手术台上，她听到医生们小声议论，说她的晶体里太脏，垃圾多，烟尘痕迹重。"这都是当年在翻砂车间翻砂时，穰草灰吸得太多的缘故啊！不过现在好了，医生做了全面清理，眼睛陡然间亮堂了。"母亲说。

　　我突然想起第一位手术的老人，也曾不停地念叨"亮堂了"，原来是在手术台上的感觉，那感觉就像是绝处逢了生。许是那一刻，那位老人家便想好了要接送外孙。

母亲说，她的一个心病去掉了。如果眼睛真的看不见了，生活不能自理，我们几个子女要跟着挨呆（方言，受苦的意思）。"现在好了，现在好了。"母亲接连说了几次，看得出她内心是多么高兴！在母亲的想法里，决不能给子女添麻烦。

在走廊上，我看到隔壁病房的一位老奶奶，指着走道边的垃圾桶，跟人说："原来这桶是红色的啊！以前望不出来哦，现在好了，什么都看见了，今年可以砸菜籽，帮儿子忙了！"高兴得像个孩子。邻床阿姨说："这位奶奶是乡下来的，来时说自己的手已分不清哪个指头，像一个整体。到屋子里漆黑一片，地里的活儿根本不能做了，才叫儿子来医院就诊，这一诊就留了下来。"老奶奶在我母亲前一天动的手术，今天刚把蒙着的纱布拿掉，什么都觉着新鲜，唠叨半天。

耳闻目睹三位老人的一幕幕，我深感重见光明的喜悦里，藏着一颗颗疼子的心。可怜天下父母心！从子女呱呱坠地，到牙牙学语，到蹒跚学步，到上学，到长大成人，哪一步能少了父母的疼爱？即便他们风烛残年，身体有恙，心里想着的还是对子女的疼爱。父爱如山，母爱似水，他们无意回报，甘愿一味地付出，这世间真没什么比父母心还金贵的。惭愧的是，我们的孝心很难对等。

2016 年 7 月

邮册伴我长大

　　年前掸尘，书橱里的几本邮册勾起了我的回忆。邮册已有三十多年，最初的一本边角有些破，扉页上留有我恭恭敬敬写下的自题，在每个册页的空白处还写下了该页邮票的说明。

　　20世纪80年代初，电话没普及，网络还没有，人们交流习惯写信，邮票便成了美丽的信使。身处两地的恋人，一封情意绵绵的信，往往喜欢贴上一枚漂亮的邮票到达对方手里。所以，各种各样的邮票大受欢迎，热衷集邮的人越来越多，我也加入了集邮的行列。

　　当时外婆、舅舅在苏州，大姨妈在吴江，二姨妈在上海，跟我妈常有书信往来。一开始，我把家里信件上的邮票揭下来，放进邮册，那些邮票有许多雷同的，而且普通票居多。为了找到心仪的邮票，我发动全家人帮忙。妈妈与单位传达室的人说好，有好邮票的信件，必定请他们给我要下。姐姐、姐夫那会儿在朱庄上班，姐姐在供销社，认识的人多；姐夫在信用社，紧靠着邮局，空闲时，他溜达过去，发现好看的邮票追踪到收信人，跟人家商量着要下。哥哥在南京，逢年过节回家，会给我惊喜，有时还带些国外的邮票。原本单薄的邮册很快厚实起来，虽不是成套的邮票，也足以让同学们羡慕。我时常打开邮册，一页页翻看。在这方寸天地里，祖国的大好河山，文化艺术，奇花异草……斑斓多姿，成了我的精神家园。

　　姐姐、姐夫帮我收集的邮票最多，其中有几枚"文化大革命"邮票很难得。"文化大革命"邮票记录着特殊年代镌刻下的特殊印记，这些邮票费了姐姐、姐夫不少的时间，他们跟人说了很多的好话，才收集到。

　　在我中学毕业到县城上班报到的那天，办完手续后，还早，爸爸带我到他的朋友王叔家。王叔由于工作出色，已从我们小镇调到县工业局上班。王叔一家很热情，留我们吃饭。席间聊到我收集邮票时，王叔拿出他的几本邮册给我看，里面全是成套的邮票，我像乡下人进了城，既新奇又兴奋，看了一遍又一遍。见我这般喜欢，王叔选了十套送我，其中一套故宫博物院建院六十周年的纪念邮票我最喜欢。从小时候唱《我爱北京天安门》起，我就知道北京的故宫。这套邮票，加深了我对故宫的神往，我每次翻开邮册，总要细细看一下故宫邮票。这套邮票共 4 枚，"丹阙凌云"表现的是从故宫博物院的午门至太和门的建筑，"太和晴旭"是故宫三大殿建筑，"乾坤交泰"表现的是故宫后三宫——乾清宫、坤宁宫、交泰殿，"琼苑春晖"描绘的是故宫北端御花园的建筑。图案别具一格，像是从空中俯瞰而得，给人大气磅礴之感，加之票面涂了金粉，愈显金碧辉煌，很好地表达了故宫作为世界上最优异、最辉煌的古建筑群的雄伟之势。我终于在千年之交踏进故宫，如愿以偿。

王叔曾送我一把小镊子，让我一定不要用手去拿邮票，防止手上有汗污了邮票，影响品相。从那以后，我集邮开始规范起来，一有空闲，我就拿着小镊子，分门别类整理排序，在花花绿绿的邮票陪伴下，日子开开心心地走过来。遗憾的是那镊子不知什么时候弄丢了，更遗憾的是，我结婚后随军到部队，邮册没有随我同行。

光阴荏苒，现在这些邮册比从前增值很多，只是在我看来，邮册里储存的亲情、友情才是最珍贵的，它们一路伴着我长大。

2015 年 12 月

爆竹声声新年到

隆冬腊月，寒气逼人，我一般早早上床，在温暖的被窝里，捧着书随意翻看，尽享夜的安逸。

常常，耳边有鞭炮声响起，给静谧的夜插上了美丽的翅膀。很多人家赶在年前办喜事，这喜庆的氛围，似乎只有传统的爆竹声，才能渲染出欢天喜地。

除夕，一家人围桌而坐，一年的辛劳抛在脑后，长辈举杯祝贺阖家团圆，顺心顺意；晚辈们恭祝长辈福如东海，寿比南山！笑声、祝福声充溢了人们的心窝。开心，快乐，触手可及。但似乎，还缺了点什么。

最令我有感觉的是此夜的鞭炮声。儿时起，聆听那远远近近的炸响，就有一种莫名的欣喜和感动。父亲总是买最厉害的一种连炮，我捂着耳朵，和姐姐们一起隔着窗户，看药捻子嗞嗞作响，火药腾空而起，在天空炸响后，才推开堂屋门站到天井里。星星点点的火花，划破漆黑的夜空，再一次炸响，火树银花开遍，孩子们的眼睛齐聚万花筒般的夜幕，新年来啦！

这天上的街市，和儿时过年的新装、枕头下的糖果、压岁钱、雪地里的雪人、嚼在嘴里的冰葫芦紧密相连，所有的这一切因天上的街市而变得真切美好。我还想象着自己是位男生就好了，不会因为胆小"退避三舍"，当和父亲一样，在外面沉稳地点火引爆，多神气！

嘭！啪！

今夜，不知谁带了个头，那声声清脆像跳动的音符，带着喜悦，带着急切，一个连着一个生动地展开，犹如一石激起千层浪。

热烈的，隐约的，铿锵的；此处的，彼处的；前的，后的，左的，右的，不绝于耳，调动我每一根神经，浸润着所有的末梢。

心绪游离，仿佛逐浪在滔滔大海，激情愉悦；又仿佛戏水于涓涓细流，温馨甜蜜。

这听觉的盛宴，宏大与细微共存，特有的韵律，有一种强大的力量，如春雷唤醒冬眠的山川大地，似东风召回沉静的鸟语花香，昭示万物更新、欣欣向荣的到来。

中国人对年的态度，是期盼，是收获，更是展望，而将三者相连的，便是这爆竹声声！在这沸腾的喧响里，亿万炎黄子孙共唱一首难忘的歌，共同祝福明天更美好。

今夜，天空璀璨。

今夜，大地欢腾。

今夜，新年来到。

嘭！嘭！嘭！！！这简洁有力的节奏，祥和缭绕，不是乐章，胜似乐章，直抵心底，给人温暖的力量，如此美妙，我是这样的喜欢。

2012 年 2 月

绿荫

七月以来，气温居高不下。好歌的知了，寅时开叫，比闹钟还灵，午时最盛，吵得人难以午休，到了亥时还会断断续续，原本高热的天儿，被聒噪得更热。

更有一甚者，居然攀缘在我家阳台纱窗上，蓦然间扯开嗓门，尖厉的叫声，瞬间塞满耳房，教人几近抓狂。

马路上，白花花的太阳，撒下天罗地网，只要你一露脸，它便急吼吼地抓住你，热辣辣地烘焙你的五脏六腑，直把你娇小的身形烤变了样，失去鲜活，让你不禁蛾眉紧蹙，愤懑顿生。

盛夏的炎热横溢了，我决意找些绿荫来对付，平静自己。

其实，绿荫不难找。自家阳台上，十多盆花草统一着装，清一色绿意柔柔。阳台外的绿化带里，不少修长的青竹对应着青青香樟；无花果，绿叶藏青果；枇杷树，蓊蓊郁郁；八角金盘，撑开绿伞，穿插其间；最外面，矮冬青围了一圈。嗬，绿荫匝地，清凉满目。可一转身，溽热依然如故，烦闷不减一毫，绿荫像美丽的肥皂泡，没有飘进我的心里。

于是乎，一日日混混沌沌、昏昏沉沉，好在一次同学的约请，给了我难得的机缘，让我寻觅到一片别样的绿荫。在家门口的三水湾，我们四位女生相谈甚欢，分手后，乘着余兴，我独自一人沿着半圆形的水湾溜达。

我来到小桥边，一眼瞧见河面上几束蓝紫色光，几把鱼竿正伸长脖子作等待状，钓鱼人全神贯注地看着发光的水面，我看了看一边的鱼篓，是空的。

不大的水湾，一圈绕回来，汗流浃背。热烘烘的空气里似乎只剩下惰性气体，活泼的氧，耐不住热浪的颠簸，自个儿找凉爽去了。风跑得更快，早不知去向，几只大嗓门的蝉，依然叫得起劲。这骇人的热啊，令我立刻有了逃离的念头！

而钓鱼人呢，依旧盯着发光的水面，那个静静的漂，安之若素，仿若站在盛夏之外，热是别人的事。我再看看鱼篓，还是空的。突然，钓鱼人提起鱼竿，鱼并没有上钩，鱼饵没了，钓鱼人笑了一下，从小盒子里取出鱼饵装上，又恢复了专注的神情。这神情深深触动了我。

　　闷热的夏夜，光影里的浮漂，有多少次提起、放下，我不知道，我只看到了刚刚提起与放下时，钓鱼人面带微笑的脸，没有一丝烦躁、一丝气馁。如果不是十分的喜欢，恐怕很难做到。莫非钓鱼，就是他驱散炎热的一片绿荫？把自己的喜欢坚持到日常里，不刻意追求结果，享受一份怡然或惊喜，来抵御酷暑。这样想着，我似乎对"绿荫"有了全新的认识，脑袋瓜子也活络起来。

　　盛夏像一位匠人，把人赶往火炉里炙烤，很多人稀里糊涂地就范；而有些人，利用匠人的炙烤，锻打自己，塑造自己，活出充实而丰富的人生。

　　星空下，闪着紫光的水面，弯腰作揖似的鱼竿，神态安详的钓鱼人，宛如一幅不可多得的清凉之画，引领我找到了一方心灵的绿荫。

2016 年 8 月

母亲的惊奇

　　记得 2014 年春天，我在桃园给母亲拍照，桃花里的母亲神采奕奕，照片一发朋友圈，家人、朋友纷纷留评、点赞。

　　我告诉母亲，母亲一脸惊奇。

　　年近八十的母亲，不明白朋友圈。我打开微信给她看，有 48 个人点赞，12 个人留评。母亲拿过手机，端详半天，很开心，想不到她在桃园拍的照片有这么多的人能看到。

　　有一天，几位老人相约吃早茶，母亲回来后一脸喜悦，原来我同学把我分享的照片给她母亲看了。早茶时两人碰面，她母亲啧啧称赞，几位老人还以茶代酒，热闹起来。母亲亲身感受了微信的魅力，更加惊奇，直说好玩呢。

　　2016 年 1 月 6 日，侄女新婚。晚宴上，侄女在美国的同学通过手机现场视频祝福。当视频转到大屏，同学们一句句真诚的话语，伴随着动人的音乐，感动了在场的每一位，掌声如潮。

　　母亲又一次惊奇，盯着大屏，不敢相信这是真的。在她看来，远隔万水千山还能"面对面"说话，简直通神了。

　　后来，侄女的小宝宝在美国出生，小毛头萌萌的视频发在家人群，母亲感慨万千，现在的条件太好太方便了，隔得再远也能立马看到，少却多少担心，放到从前想都不敢想。

　　感慨之余，母亲聊起了从前的往事。

　　1949 年，中华人民共和国成立的那一年，母亲 13 岁，小舅 10 岁。有一天，外婆出门卖草不在家，小舅突发高烧，浑身无力，母亲摸着小舅滚烫的额头，一时不知道怎么办，就用冷毛巾敷在额头，挨了一天，情形没有一点儿好转，母亲决定去找外婆。

　　第二天一大早，母亲走了 36 里路，找到外婆，母女俩风风火火又走了

36 里路赶回来，小舅躺在床上，已迷迷糊糊。外婆抱起小舅飞奔到大夫那儿，大夫说再晚点儿就麻烦了。

母亲记忆犹新，说那会儿生活真苦，条件差，老百姓家里有什么事情，全凭两条腿，而且一走就是很多年，重大的事情才拍电报。

后来改革开放，条件有了变化。母亲说 1987 年家里装电话，是一件稀奇的事，父亲一高兴，还请邮局的人喝了一顿酒，街坊邻里个个羡慕。那时，父亲跑供销，常去南方各大城市，出差少则一个月，多则两个月，中途父亲打一个电话回来报平安。打长途，很费事。父母亲在约定的时间，一个在电话机旁等，一个到邮局打。一个长途电话先要接通省会南京，由南京转到扬州，再从扬州转到泰州，由泰州才能转到港口，到了港口还得有几分钟，等母亲接到电话，时间已经过去一个多小时。听筒里，父亲一直听到各地接线员之间此起彼伏互相呼叫的声音。

再后来到了 20 世纪 90 年代，中国通信业开始迅速发展，BB 机、大哥大、手机，到今天的智能手机，不断更新，人们之间的联系越来越方便，生活也像芝麻开花节节高。

从苦日子走来的母亲，最有发言权："一个天一个地，天翻地覆！"母亲说得掷地有声。

"5G 已经来了，中国厉害啊，即将领跑世界！"

"5G 是什么？比'面对面'还厉害？"母亲再一次惊奇地问我。

"5G 就像直升机，一飞冲天，更神速。它会让我们的生活更快捷、更美好。例如通过手机体检，量体温，测血压、血糖、血常规、血脂，做心电图、脑电图等人体健康数据。通过手机调节人身体的温度，就像给身上装了空调一样。"

"了不得，了不得！"

母亲接连说了两个"了不得"，仿佛已经享受了未来的美好，一脸的阳光，一脸的肯定，肯定中国共产党的领导，肯定新中国 70 年生活的巨变。

2019 年 9 月

挽救两只鸟儿

　　我居住的小区绿化相当好，站在窗台，满目的樟树，风一吹，绿浪滚滚，不时有鸟儿掠过，有的在枝头歇息，真是一幅美丽怡人的画卷。

　　我家北阳台约有 5 平方米的空地，清明前我们买来丝瓜、黄瓜、青椒秧苗，在几个废弃的缸里种下，没过多久，秧苗长势喜人。先生特意在网上买来爬藤架，搭得长长方方，任由它们攀爬。

　　过了几天，漂亮的爬藤架吸引了两只鸟儿，它们喜欢站在横杠子上，仰头叽叽喳喳叫几声，或者这里一下那里一下用嘴梳理抖起的羽毛。有时尾巴一动，一泡鸟屎拉下，很是惬意，似乎把爬藤架当作它们的后花园。

　　一开始，我异常开心，我家窗玻璃是镀膜的，外面看不见里面，里面却能清清楚楚地看见外面。我与鸟儿几乎是零距离，能一眼看到它们黑亮的小眼睛眨眨的，可爱之极，两只鸟儿一天要跑来十八趟。我用手机摄下鸟的英姿、鸟的欢鸣，发到朋友圈，引得一阵热评。

　　欣喜了两天，发现不大对劲，两只鸟儿停在横杠子上，轮番扑向我家窗玻璃，大有飞蛾扑火之势，撞击在玻璃上的噗噗之声像是一种挑衅。最初一两次，我以为鸟儿调皮，要到屋里来做客。后来，它们频繁来袭，我才明白不是那么回事，可为什么会这样？我是丈二和尚摸不着头脑。

　　先生从网上查了一下算是找到了原因，原来这种鸟叫白颊山雀，比较有个性，不喜欢别人在它的地盘活动。我家窗玻璃就像一面大镜子，鸟儿一站在杠子上，正对着镜子一样的玻璃，自然看到玻璃里有一只鸟儿也站在同样的杠子上对着它叫，对着它梳理羽毛，它很生气，急于赶走对方，于是拼命去撞玻璃里的鸟，一次又一次，义无反顾。

　　得到了答案，我不禁担心起来，这么顽固地撞击，玩命似的，万一撞出问题来怎么办？可不能让窗玻璃成为鸟儿的杀手啊！

我一筹莫展，还是先生有办法。5月17日，我跟女儿去盐城荷兰花海游玩，晚上回来先生就得意地说，两只鸟儿被他"挽救"了，一天才来了一次，也不撞玻璃窗了。我一听直竖大拇指，他想到农村稻草人的作用，就把家里一个小兔子布娃娃卡在另一扇可开的玻璃窗与纱窗之间，小兔子两只大眼睛对着杠子，竟完全震慑了它们，和平解决了"白热化"。

　　第二天一早，我听到鸟的啁啾声，赶紧跑过去看。还真是！两只鸟儿立在横杠子上慵懒地梳理着羽毛，仰头叫两声，一会儿后双双飞到邻近的樟树枝头，荡漾去了。此后的日子，两只鸟儿依然天天来逗留一下，再没犯傻。

　　一切恢复了宁静，我乐得站在窗前看它们在爬藤架上玩乐，也乐得看它们在枝头随风荡漾，和谐真美。不但是人与自然，小到一个家，大到一个国家，和谐也是康庄大道。

2020 年 5 月

端午情深

　　我在社区上班十年，具体负责宣传工作，每一个传统节日必须策划组织一次活动，端午节最轻松，不需要动脑筋，包粽子比赛既热闹又实用，雷打不动。

　　当端午节来临，我像一个甩手掌柜，提前委托中心户长郑奶奶采购粽箬。郑奶奶很负责，早早到菜场挑选品相好的粽箬，回家后清洗干净用开水烫好，剪掉粽箬头，整理后拿到居委会。

　　一听有包粽子比赛，社区大妈们积极报名，跃跃欲试。端午这天，我们把市民学校教室的课桌两两相拼，搭成一个大的长方形做操作台，参赛选手们自带淘箩面盆小勺，分站两边面对面比试，个个兴致勃勃。

　　在规定的时间里，大家各显身手，你追我赶，巧手翻跹，气氛热烈，几百只粽子很快堆成了小山。在决出一、二、三等奖后，我们立即进行第二项议程，将包好的粽子分发给社区孤寡老人和困难家庭。

　　小小粽子肩负着一种"使命"，社区同事分头行动，带上粽子上门看望。每次小胡和我到失独家庭李奶奶家时，李奶奶总要拉我们坐一会儿聊一聊。

　　多年前，李奶奶家儿子不幸患急病去世，儿媳丢下8岁的孩子改嫁，李家乱成了一团麻。

　　那一年的端午节，李家冰锅冷灶，没有一点儿过节的样子。老两口想起往年一家人的快乐，更加深陷失去儿子的痛苦之中，只会落泪。李奶奶根本没有心情包粽子，躺在床上，不思饮食。可怜小孙子一个人，孤零零地在客厅看电视。当小胡和我带着粽子、咸鸭蛋和礼品进门时，李奶奶就像见到亲人，眼泪奔涌，泣不成声，一边的小孙子也跟着哭起来。我们红着眼睛，赶紧劝说老人家要坚强，为了小孙子，不能老这样悲伤。半天，老两口才平静下来，小胡帮着煮粽子，小孙子脸上有了一丝笑容。

李奶奶说自从儿子出事，他们尽量不出门，害怕邻居异样的眼神，好像他们做错了什么。好在社区伸出热情的手，帮他们渡过了难关，端午又送粽子来，感激不尽啊，说话间又掉下泪来。小胡连忙打断，调侃了一句："李奶奶，我们端午情深呢！"李奶奶才破涕为笑，李家和别人家一样，过了一个开心的端午节。

有一年端午，社区增加了一个内容，联系附近一家餐饮店，根据端午吃"五红"的习俗，请他们烧一桌子菜来。我们约请了 10 位高龄老人，当他们看到一桌子菜里有红烧黄鱼、红烧虾、苋菜、凉拌红萝卜、红油鸭蛋时，乐开了花，为这个别开生面的午餐而动容。90 来岁的金老太最健谈也最有趣，她思维清晰，一口一句"共产党好啊"，说自己老没用的，社区还把她当个宝哦，享福啊。

老人们有说有笑，喝了点小酒的乔爹禁不住感慨，没想到社区这么有心，这是他过得最难忘的端午节。

一边的电饭煲咕嘟咕嘟地沸腾着，已飘来粽香，老人们的粽子煨好了，当他们带着粽子离开社区时，端午的暖阳正盛，照在他们脸上，笑容更灿。

又到"端午情深"时，我离开社区已三年，不知郑奶奶可好？热心的大妈们可好？老人们可好？李家小孙子应该上高中了吧！衷心祝愿他们端午节幸福安康！感谢他们那些年对我工作的支持。

情就是暖，端午情在我眼里是多元的，有真诚，有和谐，有关爱，有感恩，庆幸我们生活在一个温暖的大家庭里。

2020 年 6 月